노년의 삶

노년의 삶

김영성 지음

솔트라인
SALTLINE

■ 머리말

노인을 바라보는 시각이 어릴 때, 청년일 때, 중년일 때, 노년일 때가 각각 달랐다는 생각이 든다.

어릴 때는 할아버지나 할머니이니까 늙은 걸로만 알았다. 청년 시절에는 나이 먹었으니까 늙은 줄 알았다. 중년 시절에는 나도 늙어 간다는 것을 의식하였지만 정녕 노인이라는 단어를 애써 회피하려고 하였다. 그러나 노년에 이르고 보니 이제 모든 게 보이는 듯싶다.

모든 생명계가 유한하듯이 우리 인생도 유한하다는 것을 실감하는 것이다.

신체의 노화로 모습이 점점 변해가고 몸도 마음도 점점 자연스럽지 않아진다. 또한 함께한 사람들이 하나둘 저 세상으로 사라질 것이다.

이런 서글픈 현실을 바라보면서 남은 노년을 행복하게 지내는 방법을 고민하다가 나름의 생각을 정리해 보았다. 노년을 준비하는 중년부터 이 책을 보면서 노년 대비와 마무리에 대해 같이 생각해 보는 시간이 되었으면 한다.

2024년 1월 김영성

|차례|

■ 작가의 말

■제언

■ 주간보호센터 봉사활동 낭송시 모음

제1장
들어가며

제1장 들어가며

　내가 젊었을 때는 늙음을 생각하지 못했다. 반대로 어렸을 때는 얼른 나이를 먹어서 어른들이 하는 여러 가지 일들을 하고 싶었다. 어른 흉내를 내면서 따라하는 일을 대단하게 생각하였고 어른스러워 보이려고 노력하기도 했다.

　불편하게 걸어 다니는 노인의 모습을 보면서 나와는 먼 이야기인 줄로만 생각하였다.

　때에 따라서는 노인이 잘못이라도 하면 핀잔거리로만 생각할 때도 있었다. 노인과 같이 있는 것을 꺼리기도 하고 부담스럽게 느낀 적도 있었다.

　이제 나도 나이를 먹어 노년에 접어들었다. 내가 노인이 되고 나니 옛날 노인들을 대했던 것들이 주마등처럼 떠오른다. 그리고 잘못했던 점들이 이제야 보이기 시작하니 한심스러운 나를 발견하는 기분이다.

노년의 삶에 대하여는 많은 사람들이 나름의 이론들을 펼치고 있다. 나름대로 다 맞는 말이다. 나는 당사자로서 노년을 같이 생각해 보는 시간이 되었으면 하는 바람에서 펜을 잡았다. 어려운 학술적 이론보다는 평범한 입장에서 수긍이 가는 문제들에 대해서만 다루었다.

노년의 증상으로는 자연스럽게 나타나는 몸의 전체적 노화현상이다. 피부가 거칠어지고 주름이 생기며 얼굴 모양이 바뀐다. 모발이 하얗게 변해 가면서 염색이 필요해지게 된다. 시력이 나빠지고 청력이 떨어지며 행동거지가 느려진다. 팽팽하던 근육도 힘을 잃고 물렁물렁하게 처지며 감소한다. 근육이 감소하면 힘이 없어지면서 잘 넘어지게 된다. 따라서 지팡이나 보행기, 유모차, 휠체어 등에 의지하고 싶어진다. 뇌의 노화로 기억력이 감소하여 깜박깜박하는 경우가 많아지며, 우울증이 찾아오기도 한다. 수면의 질이 떨어져 깊은 잠을 이루지 못하고 자주 깨어나기도 한다. 나이 들면 잠이 없어진다는 말이 여기서 나온 것 같다. 아픈 곳이 점점 늘어나면서 건강 염려증의 증상을 보이기도 한다. 자율신경 장애로 변비가 생기며, 앉았다 일어서면 어지럼증을 호소하기도 한다. 음식을 삼키는 데 어려움을 느껴 항상 물을 마시면서 음식을 먹어야 한다. 우리나라 밥상의 국물 문화가 여기서 나오지 않았나 싶다. 비뇨기 계통의 노화로 소변줄기가 약해지고 전립선에 이상이 올 수 있으며, 요실금, 방광염 등의 증상을 보이기도 한다. 성 기능도 감퇴하여간다. 의욕이 점점 떨어지면서 하던 일들이 귀찮게 느껴진다. 따라서 포기하거나 하던 일들을 줄이는 경우가 발생할 수 있다.

　이런 노화현상을 질병으로 인식하면 안 된다. 자연스럽게 인정하고 받아들여야 편하다.

고령자 연령대별 인구 비율

2023. 5월 기준(통계청)

연령대별	계	남자	여자	총인구 비율
60대	7,537,569	3,706,104	3,831,465	14.664
70대	3,883,027	1,776,844	2,106,183	7.554
80대	2,019,178	737,316	1,281,862	3.928
90대	290,354	65,779	224,575	0.564
100세 이상	8,758	1,491	7,267	0.017
계	13,738,886	6,287,534	7,451,352	26.729
총인구	51,400.521	25,612,361	25,788,160	

100세 인생이라지만 모두가 그 나이까지 생명을 유지하기란 어렵다고 본다. 2023년 인구 통계에 따르면 100세 이상 생존자가 8,758명으로 전체 인구 비율로 볼 때 10,000명당 약1.7명꼴 정도밖에 안 된다. 대부분은 80대에서 저세상으로 떠나가기 쉽다.

80대부터는 성 균형도 많은 차이를 나타낸다. 여자 생존율이 훨씬 높아진다.

80대 남녀 생존율 남자 36.5%, 여자 63.5%이다. 90대 남녀 생존율은 남자 22.7%, 여자 77.3%이다. 100세 이상 남녀 생존율은 남자 17%, 여자 83%이다. 고령이 되어 갈수록 여자 생존율이 훨씬 높아짐을 알 수 있다.

마음은 100세를 향해 인생 설계를 하지만 목적한 바에 도달할지는 미지수이다. 따라서 오래 살 거라는 기대보다는 하루하루를 보람차고 행복한 삶을 살았는지가 중요하다고 본다.

100세 이상의 장수 연령이라 하더라도 요양원 생활이나 남의 병수발을 받아야 하는 처지에 있는 경우라면 오래 산다는 게 무슨 가치가 있는 것인지 의문이다.

평균수명平均壽命이란 득성기간 동안 사망한 사람들의

나이에 대한 평균값이다. 즉 사람들이 평균적으로 누린 수명을 뜻한다. 우리나라는 84.14세(남자 80.83세, 여자 87.23세)이다.

기대수명期待壽命이란 인간이 태어났을 때 앞으로 생존할 것으로 기대되는 평균 생존 연수이다. 보건복지부가 2023년 OECD 보건 통계를 기반으로 우리나라 보건 의료수준 및 현황 등을 분석한 결과에 따르면 우리나라 인구의 기대수명은 83.6세이다. OECD 국가 평균인 80.3세보다 3.3년 길다.

건강수명健康壽命이란 기대수명에서 질병 또는 장애를 가진 기간을 제외한 수명이다. 즉 몸이나 정신에 아무 탈이 없이 튼튼한 상태로 활동을 하며 산 기간을 말한다. 우리나라 건강수명은 73.1세이다. 통계치는 수시로 변하기 때문에 참고로만 알아두면 된다.

제2장
노인의 정의 및 지원 혜택

1. 노인의 정의

노인이란 나이를 먹으면서 오게 되는 노화현상을 현저히 느끼게 되는 시기를 일정 기준 연령에 맞춰 정의하고 있다. 일반적으로는 65세를 기준으로 잡고 있다.

대개의 경우 40대 후반부터 눈에 보이는 현저한 노화 징후가 보인다. 나도 직장에서 40 후반에 들어 나이 먹었다는 비하 발언을 들었다. 일반 사회생활에서도 애들에게 간혹 할아버지나 할머니 말을 들을 수 있는 나이가 50대부터이다. 초등학교에서 급식소에 근무하고 있는 조리 종사원이 겪는 실화이다. 노인이란 판단을 겉모습에서부터 가져오는 경우이다.

노인연령의 기준은 시대, 각 나라, 적용되는 법이나 규정에 따라 다르게 적용되는 것이 현실이다.

우리나라의 예를 보아도 과거 공무원의 정년이 55세였던 것은 이때를 노년기에 접어든 것으로 보았기 때문이라고 본다. 2007년에 다시 57세로 정년 연장을 거론하여 바뀌었다. 2009년부터 단계적 정년연장계획을 세워 2013년까지 60세로 완료하여 지금에 이르고 있다. 그러나 여기서 만족하지 않고 계속 이어서 65세 정년을 논하고 있다고 한다.

법적용에 따른 노년의 연령 기준을 살펴보면, 고령자고용촉진법에 관한 법률은 55세, 국민연금법은 60세, 국가공무원법 제74조(정년) 60세, 노인복지법 65세, 기초생활보장법 65세 등이다.

세계적으로 보면, 세계보건기구 60세, UN 및 국제노년학회 65세이다.

노인인구를 기준으로 하는 사회적 정책 판단을 다음과 같이 구분하기도 한다.

1) 고령화 사회 : 65세 이상인 사람이 7% 이상일 때

2) 고령 사회 : 65세 이상이 14% 이상일 때

3) 초고령 사회 : 65세 이상이 20% 이상일 때

우리나라는 2022년에 이미 18%로 고령 사회이며 얼마

안 있어 초고령 사회로 진입할 것으로 보인다.

노년기를 Neugarten은 다음과 같이 분류하였다.
1) 55~64세 young old(초기 노년기)
2) 65~74세 middle old(노년기, 빈 둥지 시기)
3) 75세 이후 old old(후기 노년기)

내 생각에는 60세를 노인의 기준 나이라고 말하고 싶다. 사회에서 일반적으로 받아들이는 나이이기도 하다. 직장 취업이나 사회활동 등에서 많이 겪는 나이의 한계이기도 하다.

2. 노인의 증상 정리

노년의 노쇠 증상은 병이 아니라고 생각한다. 자연스럽게 받아들이고 이에 대처하는 현명한 지혜가 필요하다고 본다. 노년에 접어든 노인의 증상을 정리해 보면 다음과 같다.

1) 살이 빠진다.

근육이 감소하고 탄력이 없어진다. 근육 감소 방지를 위해 운동을 해야 한다. 근육 유지에 필요한 단백질 음식인 고기 등을 섭취하여야 한다.

2) 뇌 기능이 감퇴한다.

금방 기억했던 단어가 생각나지 않는 등 기억력이 현저히 감퇴한다. 찾으러 갔던 물건이 생각나지 않을 수도 있다. 뇌 기능이 감퇴하기 때문이다. 뇌 기능을 실일 수 있는 독서라든지 손가락 활용 등의 운동을 많이 하여야 한다. 뇌를 자꾸 써야 한다는 말이다.

3) 순발력이 저하된다.

근육이 빠지고 뇌 기능이 약해지면서 신경에 의한 순발력도 떨어진다. 탁구라든지 배드민턴 등의 운동을 통해 순발력 유지에 노력하여야 한다.

4) 모든 게 귀찮아진다.

의욕이 저하되는 현상이다. 그동안 해왔던 여러 가지 일들을 줄이거나 그만둘 수밖에 없다. 귀찮다고 더 게을리하면 질병이 찾아 들 수도 있다. 항상 움직이려는 마음 자세가 필요하다.

5) 기력이 감퇴한다.

노년이 되면 힘이 떨어지게 되어 있다. 운동과 영양가 있는 음식 섭취에 신경을 써야 한다. 취미생활을 즐기면서 활력과 기력을 찾는 방법도 있다.

6) 근육이 빠지면서 얼굴과 몸에 주름살이 생긴다.

머리칼을 비롯한 몸에 털도 하얗게 변해간다. 단풍을 연상하게 된다. 잘 먹고 운동을 열심히 하고 즐겁게 살아야 한다. 무리하거나 짜증 가득한 생활은 노화를 촉진한다. 얼굴 마사지 등 피부 관리도 신경 쓰면 좋다. 염색이 필요하지만, 알레르기가 있는 사람도 있다. 염색약이 몸에 좋지 않다고 해서 꺼리는 사람들도 있다.

7) 식욕감소 현상이 올 수도 있다.

식욕이 떨어진다는 것은 건강이 안 좋다는 신호이기도 하다. 몸의 상태를 점검할 필요가 있다. 기분전환이나 식욕을 돋울 수 있는 방법 등을 찾아보아야 한다.

8) 시각장애 현상이 나타날 수도 있다.

눈의 노화현상은 자연스러운 것이다. 눈에 좋은 영양제를 복용하는 것도 좋다. 병원 진료를 통해 치료하거나 인공눈물 등을 투입하는 방법이 있다.

9) 청각장애 현상이 올 수 있다.

청각장애도 방치하면 치매 발병 확률이 높아진다고 한다. 병원 진료를 통해 치료하고 보청기 등을 착용할 수 있다.

10) 자율신경 장애가 올 수 있다.

자율신경 장애로 변비를 들 수 있다. 노인성 변비가 심각하다. 채소나 섬유질 섭취가 권장된다. 변비약을 복용할 수도 있다.

다음으로 앉았다 일어설 때 어지럼증 현상이 올 수 있다. 자리에서 일어날 때는 천천히 일어나야 한다.

다음으로 음식 삼키기가 어려워진다. 물을 가까이 해야 하고 삼키기 곤란한 음식은 조심스럽게 섭취하여야 한다. 거친 음식을 함부로 먹다가 갑자기 사망에 이르기도 한다. 참고로 요양원에서는 떡 등은 먹이지 않는다.

다음으로 보행에 불편을 느낄 수 있다. 평상시 운동으로 건강하게 몸을 관리할 필요가 있다. 보조용품으로 지팡이나 보행기 등이 있다.

11) 비뇨기 계통에 이상이 발생한다.

오줌 줄기가 약해지고 밤에 화장실을 자주 가는 현상이 일어날 수 있다. 전립선에 이상이 올 수 있는 나이이다. 요실금이나 방광염 등이 올 수도 있다. 이상이 있으면 병원 진료가 필요하다.

12) 수면 장애를 호소한다.

자다가 일어나는 경우가 많아진다. 깊은 잠이 힘들어진다. 뇌 기능의 감퇴 때문이다. 낮에 걷기운동을 하면서 햇빛을 충분히 쬐어야 한다. 무엇보다 수면에 방해되는 각종 행위를 삼가야 한다. 밤에 컴퓨터나 휴대폰을 장시간 사용한다든지, 텔레비전을 밤늦게까지 오래도록 보는 것도 안좋다. 수면을 잘 취하는 것도 장수 비결이라고 한다.

13) 흥미 상실 현상이 올 수도 있다.

이는 자신이 어떻게 살았느냐에 따라 올 수 있는 현상이라고 본다. 인생을 보람 있고 재미있게 살다 보면 흥미 상실이란 없다. 활기찬 나만의 인생을 만들어야 한다. 남이 만들어 주는 것이 아니다.

14) 각종 노인성 질환이 발생할 수 있다.

몸이 노화되면 면역력이 떨어지기 때문에 각종 질병에 걸리기 쉽다. 운동과 충분한 영양 섭취로 면역력을 길러 노화를 늦추어야 할 것이다.

3. 노인 지원 혜택

노인 연령이라는 인정을 받게 되면 직장을 떠나야 하거나 사회활동 면에서 제한을 받을 수도 있지만 정부 등으로부터 많은 혜택이 따른다. 일상적인 예로 대중 교통비 면제, 각종 입장료 할인 및 면제, 복지관을 통한 각종 프로그램 무료 수강, 경로당 지원 사업 등이 있다.

정부지원혜택에 대해 간단히 알아보기로 하자.

1) 기초노령연금 혜택

만 65세 이상이면서 월 소득 인정 금액이 정부에서 정하는 기준액 이하인 경우 기초연금 대상자로 인정되어 단독가구의 경우 월 최대 30만원, 부부가구의 경우 매월 40만원의 지원금을 받을 수 있다. 단, 연금 수령자는 제외될 수 있으므로 반드시 관계부서 담당자에게 문의하여 확인할 필요가 있다.

2) 백신 무료 접종 혜택

만 65세 이상 노인들에게 제공하는 접종 혜택으로는 독감예방주사(매년 1회)와 폐렴구균접종 혜택이 있다. 관할 보건소나 지정 의료기관을 방문하여 접종받을 수 있다.

3) 건강검진 혜택

만 65세 이상 노인들은 생애주기별 건강검진을 관할 지자체 보건소에서 지원받을 수 있다. 기본적인 건강검진 외에도 낙상위험도검사, 하지근력검사, 평형성검사, 골밀도검사 등을 받을 수 있다.

4) 고혈압, 당뇨 약제의 지원

만 65세 이상 노인이 고혈압이나 당뇨 약을 복용하고 있는 경우, 관할 보건소에서 진료받은 후 처방전을 발급받아 관내 협약 약국에서 약을 제조하면 본인부담금의 일부를 지원받을 수 있다.

5) 틀니, 임플란트 지원

만 65세 이상 노인들은 틀니나 임플란트implant를 할 경우 일정부분 지원을 받을 수 있다. 해당 치과병원에서 먼저 상담받도록 한다. 치아를 진료한 결과에 따라 상세하게 안내해 줄 것이다.

6) 치매 검사 지원

만 65세 노인이 치매 검사를 할 경우 관할 보건소 치매안심센터를 통해 무료로 받을 수 있다. 치매 판정의 경우에는 치료비나 약제비를 일부 지원받을 수 있다.

7) 통신비 혜택

만 65세 이상이면서 기초연금 수급자인 경우 통신비 50% 혜택을 받을 수 있다. 사용하는 통신사 고객센터에 유선으로 신청하거나 해당 통신사 매장을 방문하여 직접 신청할 수 있다.

주민 센터에서도 신청이 가능하다. 기초생활수급자이거나 차상위 계층에 해당한다면, 통신비 감면을 더욱 절감할 수 있기 때문에 해당 부분을 주민 센터로 문의하면 된다. 장애인, 국가유공자 등의 경우, 다른 할인과 중복

할인은 불가하다.

8) 에너지 바우처 지원

에너지 바우처 제도란 여름철 냉방비와 겨울철 난방비를 산업통상지원부와 한국에너지공단이 주관하여 지원해 주는 사업을 말한다. 지원 금액은 세대원 수에 따라 달라지며 여름철과 겨울철 바우처 금액이 다르다. 거주지 행정복지센터 에너지 바우처 담당 공무원에게 신청하면 된다.

9) 교통비 지원

65세 이상은 지하철이나 도시철도를 탈 때 무료로 탑승이 가능하다. 대중교통을 많이 이용하시는 분들이라면 필수적으로 신청을 해야 할 혜택이다. 버스 탑승 시에도 신분증을 보여주게 되면 무료 이용이 가능하다.

요새는 교통카드 발급을 시행하고 있다. 행정복지센터에 방문하여 상담하면 된다.

열차는 30% 할인(단, 주말이나 공휴일은 제외)받을 수 있다.

국내 항공권은 10% 할인받을 수 있다.

국내 여객선은 20% 할인받을 수 있다.

10) 노인 맞춤 돌봄 서비스

만 65세 이상 기초생활보장 수급자나 차상위 계층 노인은 맞춤 돌봄 서비스를 이용할 수 있다. 혼자서 지내시는 노인들이 우울증에 걸리지 않도록 지원해 주는 제도이다. 노인 맞춤 서비스는 노인 돌봄 종합 서비스, 가사서비스, 독거 사회관계 활성화 및 초기독거노인자립지원 서비스 등을 이용할 수 있고 여기에 더불어 지역사회자원연계 서비스까지 6가지 서비스를 받을 수 있다.

11) 개안 수술비 지원

만 60세가 넘어가게 되면 개안 수술비를 지원받을 수 있다. 기초생활수급자나 차상위 계층일 경우에는 백내장, 망막 질환, 녹내장 등에 문제가 생길 경우 수술비를 지원받을 수 있다. 수술 후에는 별도로 지원되는 게 아니기 때문에 미리 신청해서 대상자 명단에 올리고 병원에 방문해야 한다. 주소 관할 보건소에서 신청이 가능하다.

12) 노인 일자리 제공

은퇴하여 쉬고 있더라도 조금씩 일을 원하는 사람을 위해 노인 일자리를 제공하고 있다. 사회활동 지원 사업 참여 조건에 부합하는 사람들만 지원이 가능하다. 월 일정 시간 기준으로 일정 금액을 받을 수 있다.

13) 노인 요양 보험

혼자서 지내기 어려운 노인들을 위해서 65세 이상을 대상으로 가족요양, 방문요양, 방문목욕이나 간호 등을 제공하는 서비스이다. 노인요양시설이나 공동생활가정 등의 시설 지원을 받을 수 있으며, 휠체어나 지팡이, 전동 침대 지원 등의 다양한 혜택이 있다.

14) 고령자 고용 시 기업혜택

65세 이상 고령자를 채용하는 기업은 2년간 월 30만원을 지원받을 수 있다. 관할 고용센터에 신청하면 된다.

15) 노인 보청기 지원

65세 이상 노인이 귀가 어두운 경우나 난청이 있는 경우, 국가 보조금 형태로 지원받을 수 있다. 신청은 관할 주민 센터에 하면 된다.

16) 무릎 인공관절 수술 시 지원

만 60세 이상 기초생활수급자, 차상위 계층, 한 부모 가족 대상으로 수술비 지원을 받는다.

17) 응급 안심 서비스

65세 이상 혼자 사는 노인들에게 응급상황이 발생할 경우를 대비해 응급 호출 버튼 설치 서비스를 받을 수 있다. 생계, 의료, 주거, 교육 급여 등의 수급자일 경우이다.

독거노인이나 중증장애인의 응급 안전 알람 서비스 제공이다. 차상위에 속하는 노인이 치매이거나 치매 고위험군일 경우, 건강 상태가 취약한 경우에도 신청 가능하다. 읍·면·동 주민 센터에 방문 또는 전화로 신청 가능하다.

18) 경로우대 세금 공제

부양가족 중 만 65세 부모나 생계를 함께하는 사람이

있을 경우 세금 공제를 받을 수 있다. 세금 산출 대상 금액에서 연간 65세 이상은 1인당 100만원, 70세 이상은 150만원이 공제된다. 관할 세무서에 신고하는 소득공제에 관한 사항이다.

19) 양도소득세 공제

부모와 자녀가 따로 살다가 세대를 합친 경우, 자녀가 부모를 부양하는 경우, 며느리가 시부모를 부양하는 경우, 사위가 장인·장모를 부양하는 경우, 아버지가 60세 이상이거나 어머니가 55세 이상인 경우 등에 있어 세대를 합친 후 2년 이내에 집을 매매할 경우에는 양도소득세를 공제받을 수 있다.

혜택 조건으로 먼저 매매하고자 하는 집을 3년 이상 보유하였어야 한다.

20) 상속세 공제

60세 이상의 노인에게는 1인당 3,000만 원까지 상속세를 공제받을 수 있다.

21) 생계형 저축 비과세

60세 이상의 노인은 3,000만 원 이하 이자소득 및 배당소득을 비과세할 수 있다.

22) 비과세 종합 저축 가입

65세 노인은 1인 1계좌로 최대 5천만원 한도까지 비과세 종합 저축에 가입할 수 있다.

23) 영화 관람 혜택

65세 노인은 영화관에서 5,000원에 영화 관람이 가능하다.

3D 영화는 8,000원에 관람 가능하다. 티켓 구매 시 무조건 신분증을 필히 지참하여야 한다.

24) 운전면허 반납 시 금액 지급

65세 노인이 운전면허증을 반납하는 경우 교통카드나 지역화폐 등 10만원 상당을 지급받을 수 있다.

26) 시니어 창업 시비스

65세 노인이 은퇴 후 창업 시에는 시니어 창업 컨설팅 서비스를 이용할 수 있다.

26) 시니어 일자리, 컴퓨터 IT 기기 교육

65세 이상 노인들을 대상으로 대한노인회, 노인복지관, 시니어클럽에서 일자리를 구할 수 있다.

27) 기초생활수급자 대상 주민세 면제

65세 이상 기초생활수급자 노인은 1년에 주민세 6,000원을 면제받는다.

28) 만 60세 이상이면 자녀가 주택 청약을 신청하더라도 무주택자로 분류

29) 65세 이상 노인은 고궁, 능원, 국공립 공원 무료입장 가능

30) 65세 이상 노인이 국공립 국악원 수강 시 50 % 할인

31) 65세 이상 노인이 정부 지자체 운영 공연장 관람 시 50% 할인

32) 65세 이상 노인은 의료비 추가 공제 15%

33) 65세부터 만 69세까지 국민취업지원제도 지원

34) 65세 이상 노인은 배움 나라 강의 무료 지원

35) 65세 이상 노인이 여행 시 간호사, 사회복지사, 요양사가 동반한 노인 여행 돌봄 서비스 신청 가능

36) 65세 이상 노인은 노인 복지주택, 공공 실버주택 신청 가능

37) 생애주기별 건강검진 지원

만 65세 이상 노인은 기본적인 건강검진 외에 추가로 골밀도 등 연령에 맞는 검진을 제공받을 수 있다.

38) 고혈압 당뇨병 등록 관리 서비스

65세 이상 노인은 고혈압, 당뇨병 등록 관리 서비스를 받을 수 있다.

문의처는 거주 지역의 보건소, 보건복지상담센터 129, 질병관리청 만성질환 예방과이다.

39) 재가급여

만 65세 이상 노인으로 장기요양등급을 받은 수급자는 방문요양, 목욕, 간호 등 서비스 전체 비용의 15%만 부담(본인부담금)한다. 소득에 따라 본인부담금을 감경할 수 있다.

40) 시설급여

만 65세 이상 노인으로 장기요양등급 1~2등급 대상 또는 3~4등급 중 특별한 사정이 있다면 시설급여가 가능하다. 노인요양시설 서비스 전체 비용의 20% 정도 부담(본인부담금)한다.

41) 돌봄 서비스

소득, 건강, 주거의 수준이 낮아 복지 서비스가 필요한 경우 만 65세 이상 노년층을 대상으로 노인 돌봄 기본서비스를 제공한다.

시·군·구에서 상담을 받아야 신청이 가능하다.

정기적으로 안전 확인과 생활교육 등이 지원된다.

42) 금융상품 세금 우대

금융 혜택으로 만 65세 이상이면 1인당 최대 6,000만 원까지 세금 우대를 받을 수 있다. 종합 저축 10%에 대해 분리과세하며 주민세를 면제받는다.

4. 노인 관련 행사

■ 노인의 날

매년 10월 2일은 노인의 날이다.

노인의 날 취지는 경로효친 사상의 미풍양속을 확산시키고, 전통문화를 계승 발전시켜온 노인들의 노고에 감사를 표하기 위해 각종 기념일 등에 관한 규정에 의거, 1997년 제정한 법정기념일이다. 1999년까지는 보건복지부에서 주관하였으나, 정부 행사의 민간 이양 방침에 따라 2000년부터는 노인 관련 단체의 자율 행사로 개최된다.

이날에는 노인복지를 위해 힘써온 개인이나 단체를 대상으로 훈장과 포장 및 표창을 실시한다. 뿐만 아니라 노인 문화공연 등 각종 행사가 열린다.

■ 노인 학대 예방의 날

노인 학대 예방의 날은 매년 6월 15일이다.

노인 학대 예방의 날은 노인 인구가 늘어가면서 노인의 인권을 보호하고 학대를 예방하기 위해 노인복지법에 따라 제정한 법정 기념일이다.

노인학대란 노인의 가족 혹은 타인이 노인에게 고통이나 위해를 주는 행위이다.

노인학대의 유형은 신체적, 정서적, 성적, 경제적, 방임, 자기방임, 유기 등이 있다.

1) 신체적 학대

물리적 힘 또는 도구를 이용하여 노인에게 신체적 혹은 정신적 손상, 고통, 장애 등을 유발하는 행위이다.

2) 정서적 학대

비난, 모욕, 위협 등의 언어 및 비언어적 행위를 통하여 노인에게 정서적으로 고통을 유발하는 행위이다.

3) 성적 학대

성적 수치심 유발 행위 및 성폭력 등 노인의 의사에 반하여 강제적으로 행하는 모든 성적 행위이다.

4) 경제적 학대

노인의 의사에 반反하여 노인으로부터 재산 또는 권리를 빼앗는 경제적 착취, 노인 재산에 관한 법률 권리 위반 등 경제적 권리와 관련된 의사결정에서 통제하는 행위이다.

5) 방임

부양의무자의 책임이나 의무를 거부, 불이행 혹은 포기하여 노인의 의식주 및 의료를 적절하게 제공하지 않는 행위이다.

6) 자기방임

노인 스스로가 의식주 제공 및 의료 처치 등 최소한의 자기 보호 관련 행위를 의도적으로 포기 또는 비의도적으로 관리하지 않아 심신이 위험한 상황이나 사망에 이르게 하는 행위이다.

7) 유기

보호자 또는 부양의무자가 노인을 버리는 행위이다.

■ 노인 학대 신고

노인 학대 정황이 의심될 때나 본인이 직접 당했을 때
는 ☎1577-1389와 나비새김(노인지킴이) 앱으로 신고하
면 된다.

나비새김(노인지킴이)앱은 언제 어디서나 간편하게 신
고할 수 있는 노인 학대 신고 앱이다. 사진 또는 영상, 녹
취 등으로 간편하게 신고할 수 있으며, 위치기반을 활용
하여 신고된 지역의 관할 노인보호전문기관으로 연계하
고 있다.

5. 나이대별 행사

노인 나이에 접어들면 제일 첫 번째 행사로 환갑이 있다. 예전에는 환갑하면 큰 잔치를 열었다. 그 시절에는 수명이 짧아 60세까지 사는 것 자체가 대단한 경사라고 생각하였기 때문이다. 지금 61세 환갑잔치는 식구끼리 밥이나 먹고 넘어간다. 이렇게 70세에는 칠순잔치, 80세에는 팔순잔치, 90세에는 구순잔치, 100세에는 백세잔치 행사가 있다. 생존에 대한 축하잔치이다.

해마다 생일 잔치를 하지만 이런 특별한 잔치는 그 의미가 있다고 본다. 행사는 자식들의 열의나 능력에 따라 여러 가지 형태로 이루어진다. 식구끼리 식사로 대체하거나 여행을 다녀오거나, 친지나 지인을 초청하여 잔치를 열기도 한다.

나는 이런 특별 잔치에 찬성하고 싶다. 단, 막연한 흥청망청 잔치보다는 어떤 의미 있는 행사를 권하고 싶다.

자신이 그동안 살아오면서 내보일 수 있는 결과물을 선보일 기회로 삼았으면 한다. 그 방법으로는 발표회나 전시회 등을 곁들이면 좋다고 본다. 잘하면 자식들에게 귀감이 될 수 있다.

발표회에는 노래, 판소리, 악기 연주회, 출판기념회, 춤, 국악, 강연회, 유머humor, 코미디, 경험담 등 다양하게 많다.

전시회에는 사진, 서예, 그림, 조각, 수집품(골동품, 수석, 우표 등) 등 다양하게 많다.

특별 잔치 기회를 빌려 친지, 이웃, 지인 등을 초청하여 서로 간에 회포를 풀 수 있다.

노인이 된다는 것은 슬픈 일이다. 늙음을 과일에 비교하여 보기 좋고 맛있게 익어간다고 말하기도 하고, 단풍처럼 예쁘게 물들어 가는 것에 비유하고, 석양처럼 붉고 화려하게 물들이며 지는 것에 비유하기도 한다.

각 나잇대별까지 생존할 수 있다면 그때마다 특별한 행사를 곁들여서 잔치를 보람차게 치르는 것도 의미가 있지 않나 생각한다.

제3장
노인 관련 속담, 격언, 호칭 등

1. 속담

1) 나라 상감님도 늙은이 대접은 한다.

◇ 누구나 노인은 우대해야 함을 비유적으로 이르는 말이다.

2) 젊은이 망령은 홍두깨로 고치고 늙은이 망령은 곰국으로 고친다.

◇ 노인들은 그저 잘 위해 드려야 하고, 아이들이 잘못했을 경우에는 엄하게 다스려 교육해야 한다는 말이다.

3) 팔십 노인도 세 살 먹은 아이한테 배울 것이 있다.

◇ 어린아이가 하는 말이라도 일리가 있을 수 있으므로 소홀히 여기지 말고 귀담아들어야 한다는 뜻.

◇ 남이 하는 말을 신중하게 잘 들어야 함을 비유적으로 이르는 말이다.

4) 노인네 망령은 고기로 고치고 젊은이 망령은 몽둥이로 고친다.

◇ 노인들은 그저 잘 위해 드려야 하고, 아이들이 잘못했을 경우에는 엄하게 다스려 교육해야 한다는 말이다.

5) 가을 더위와 노인의 건강.

◇ 가을의 더위와 노인의 건강은 오래갈 수 없다는 뜻.

◇ 끝장이 가까워 그 기운이 쇠하고 오래가지 못함을 비유적으로 이르는 말이다.

6) 백발은 늙었다는 표시이지 예지叡智를 나타내는 것은 아니다.

◇ 그리스의 속담

7) 집안에 한 사람의 노인도 없으면 한 사람을 빌어라.

◇ 그리스의 속담

8) 백발은 무덤의 꽃.

◇ 독일의 속담

9) 나이를 먹지 않는 고약이 있다면 몸에 바르고 싶어질 것이다.

◇ 독일의 속담

10) 젊은이는 희망에 살고, 노인은 추억에 산다.

◇ 프랑스의 속담

11) 늙을수록 느는 건 잔소리뿐이다.

◇ 늙어 갈수록 남의 일이나 행동에 대한 타박이 많아져 잔소리가 심해짐을 이르는 말.

12) 늙어도 죽기는 싫다.

◇ 나이가 많아도 삶에 대한 애착이 크다는 말.

13) 늙으면 눈물이 헤퍼진다.

◇ 늙으면 작은 일에도 공연히 서러워지고 눈물이 많아진다는 말.

14) 늙으면 욕이 많다.

◇ 사람이 오래 살게 되면 이러저러한 치욕스러운 일을
많이 당한다는 말.

15) 늙고 병든 몸에는 눈먼 새도 안 앉는다.

◇ 사람이 늙고 병들면 찾아 주거나 좋아하는 사람이
없다는 말.

16) 늦바람이 곱사등이를 벗긴다.

◇ 늙은 후에 바람이 나면 걷잡을 수 없다는 말.

17) 늙으면 아이 된다.

◇ 늙으면 오히려 아이처럼 옹졸해진다.

18) 늙으면 자식을 따르라.

19) 노인의 말은 맞지 않는 것이 별로 없다.

◇ 영국 속담

20) 노인을 모신 가정은 길조가 있다.

◇ 이스라엘 속담

21) 청년 시절에는 노인처럼 행동하고, 노인 시절에는 청년처럼 행동하라.

◇ 중국 속담

22) 늙은 말은 길을 잃지 않는다.

◇ 길을 잃었을 때 늙은 말을 풀어주어 그 뒤를 따라가면 길을 찾을 수 있다는 말.

◇ 경험이 많은 사람은 나아갈 길을 다 알고 있다는 말.

◇ 몽골 속담.

23) 오래 묵은 떡갈나무는 깊은 뿌리를 가지고, 나이 많은 사람은 넓은 경험을 가지고 있다.

◇ 리트비아 속담.

◇ 경험을 쌓은 노인의 지혜는 뿌리를 굳게 내린 떡갈나무와 같다는 뜻.

24) 늙은 새 올무에 안 들어간다.

◇ 스페인 속담.

◇ 젊은 사람은 속아 넘어가기 쉬우나, 늙어서 경험이 쌓이면 위험을 예측할 수 있는 능력이 생긴다는 뜻.

25) 늙은 개는 함부로 짖지 않는다.

◇ 오랜 세월을 두고 풍부한 경험을 가진 노인은 경솔한 짓을 하지 않는다.

26) 좋은 충고를 바라면 노인과 상담하라.

◇ 영국 속담.

◇ 나이 든 사람은 경험이 풍부하기 때문에 좋은 의견을 많이 말해 줄 수 있다.

27) 오래된 현악기에서 깊은 선율이 울려 나온다.

◇ 영국 속담.

28) 비록 몸은 늙어 비둔할지라도 당신의 마음만은 늘 저 푸른 하늘을 날아오르라.

◇ 세네갈 속담.

29) 지혜는 나이에 붙어 가는 것.

◇ 나이가 들면 자연히 분별하는 능력이 생긴다는 말.

◇ 아직 어린 젊은이들을 너무 심하게 나무라지 말라는 뜻.

◇ 아일랜드 속담

30) 가장 좋은 술은 오래된 통에서 나온다.

◇ 오래된 술이 맛이 있듯이 나이가 많아 인생 경험이 많은 사람이 경륜이 뛰어나다.

◇ 영국 속담.

31) 노인 말 그른 데 없고 어린아이 말 거짓 없다.

32) 노인의 말은 들판을 헤매는 듯 보여도 그곳에서 밤을 지내는 일은 없다.

◇ 노인이 말하는 것은 지루하게 들릴지 모르나 그 지혜는 확실하다는 뜻.

33) 늙은 개가 짖을 때는 밖을 살펴라.
◇ 노인이 하는 말에 귀를 기울이라는 뜻.
◇ 독일 속담.

34) 노파는 이유 없이 밭을 뛰어다니지 않는다.
◇ 노인은 항상 침착하게 행동한다는 뜻.
◇ 코르디부아르 속담

35) 제집 어른 섬기면 남의 어른도 섬긴다.

36) 어른 그림자는 밟지 않는다.

37) 노인 말을 잘 들으면 자다가도 떡이 생긴다.

38) 사막에서 대상들의 길 안내는 노인이 담당한다.
◇ 아라비아 속담

39) 늙은이의 망령妄靈만큼 큰 망령妄靈은 없다.

40) 노인은 신중하며 젊은 사람은 용감하다.

41) 나이 많은 사람의 망각증, 젊은 사람의 무분별.

42) 남자는 마음으로 늙고, 여자는 얼굴로 늙는다.

43) 늙은이에게는 그가 바라기 전에 먼저 드려라.

44) 여든에 죽어도 구들동티에 죽었다 한다.
　◇ 여든까지 살다 죽어도 제명에 죽지 못하였다고 구들동티 핑계를 댄다는 뜻.

45) 사람은 나이로 늙는 것이 아니라, 기분으로 늙는다.
　◇ 늙는다고 생각하는 그 순간 우리 몸과 마음은 그대로 받아들여 실제로 늙기 때문이다.

46) 늙은이에게는 밥이 막대라.

◇ 늙은이에게는 밥이 몸을 의지해 주는 막대와 같다는 뜻.

◇ 늙은이는 무엇보다도 잘 먹어야 몸을 지탱하며 살아갈 수 있음을 비유적으로 이르는 말.

47) 늙은이 기운 좋은 것과 가을 날씨 좋은 것은 믿을 수 없다.

◇ 상황이 언제 변할지 모름을 비유적으로 이르는 말.

48) 늙은이 가죽 두껍다.

◇ 늙은이는 여러 가지 어려운 일도 잘 치름을 비유적으로 이르는 말.

◇ 늙은이는 염치없는 짓을 잘함을 비유적으로 이르는 말.

49) 늙은이치고 젊어서 호랑이 안 잡은 사람 없다.

◇ 늙으면 누구나 젊은 시절 자랑을 부풀려서 한다는 말.

2. 격언

1) 명심보감

소년이 노인을 보고 비웃지만, 노인도 처음부터 노인은 아니었다. 그대는 오늘 노인을 보고 웃지 말라. 세월이 가면 그대도 노인이 될 테니까.

2) 이어령

젊은이는 늙고 늙은이는 죽는다.

3) 임어당林語堂

노인들이 세상을 개탄하고 세속을 비꼬는 태도는 필연적으로 청년들의 반역을 조성한다.

4) 리히텐베르크(독일의 물리학자)

인간은 점점 나이를 먹어 간다고 시종 생각하는 것만큼

인간을 신속하게 늙게 만드는 것은 없다.

5) 존 클레이어(영국의 시인)

만약 생애에 대한 재판이 있다면 나는 교정하고 싶다.

6) 안톤 체호프

노인은 할 말이 없으면 곧 '요즈음의 젊은이는……'하고 말하곤 한다.

7) 오스카 와일드

노년의 비극은 그가 늙어 있다는 것에 있지 않고 아직 젊다고 생각하는 데 있다.

8) 시바 고칸(일본의 화가)

나는 70세가 되어 비로소 인간이라는 것을 알았다.

9) 더글러스 맥아더

노병은 죽지 않고 사라질 뿐이다.

10) 잔 파울(독일의 작가)

노경을 그토록 슬프게 만드는 것은 즐거움이 없어지기 때문이 아니라 희망이 없어지기 때문이다.

11) 미셸 드 몽테뉴

노령은 얼굴보다 마음에 더 많은 주름살을 심는다.

12) 루키우스 안나이우스 세네카

오래 살았다는 것밖에는 남긴 것이 없는 늙은이보다 더 불명예스러운 것은 없다.

13) 메난드로스(그리스의 시인)

늙은이는 두 번째의 어린애이다.

14) 조너선 스위프트

모든 사람들은 오래 살기를 원하지만 나이를 먹으려고 하는 사람은 없다.

15) 쇠렌 키르케고르

청년은 희망의 환영幻影을 갖고 있으며, 노인은 상기想起의 환영을 갖고 있다.

16) 조지 버나드 쇼

나이 먹는 것을 두려워하지 말라. 걱정해야 할 일은 나이 먹을 때까지의 여러 가지 장애를 뛰어넘는 일이다.

17) 라 브뤼에르(프랑스의 모럴리스트)

사람은 나이 먹는 것을 바라면서도 노령을 두려워한다. 사람은 생명을 사랑하고 죽음을 피한다.

18) 헤라클레이토스

우리 속에 존재하는 모든 것은 동일하다. 삶과 죽음. 깨어 있음과 잠. 젊음과 늙음.

19) 오스카 와일드

노인들은 모든 것을 믿는다. 중년은 모든 것을 의심한다. 청년은 모든 것을 알고 있다고 믿는다.

젊을 때는 인생에서 논이 가장 중요하다고 여겼다. 나

이가 들고 보니 그것이 사실이었음을 알겠다.

20) 프란체스코 페트라르카
나이 든 사람은 실제적인 것을 좋아하지만, 충동적인 젊은이는 황홀한 것만 동경한다.

21) 미겔 데 세르반테스
젊은이들은 읽고, 어른들은 이해하고, 노인들은 칭찬한다.

22) 아이스킬로스
늙어가는 시간은 모든 것을 가르친다.

23) 소포클레스
늙어가는 사람만큼 인생을 사랑하는 사람은 없는 것이다.

24) 스탕달
정신의 가장 아름다운 특권의 하나는 늙어서 존경된다

는 것이다.

25) H.F.아미엘

어떻게 노년으로 성장하는가를 아는 것은, 지혜의 걸작이며, 생활의 위대한 기술에서 가장 어려운 장章의 하나이다.

26) W. 필립스

사람은 나이를 먹는 것이 아니라 좋은 포도주처럼 숙성되는 것이다.

27) 탈무드

어리석은 자에게 있어서의 노년은 겨울이나 지혜로운 자에게 있어서의 노년은 황금기다.

28) V. 위고

주름살과 함께 품위가 갖추어지면 존경과 사랑을 받는다.

29) 그랜드 종합 교리

얼굴에는 주름이 생겨도 마음에는 주름이 생기지 않게 하라. 모든 인생이 다 같이 늙는다. 몸은 이 세상에서만 쓸 것이므로 노쇠해도 할 수 없지만, 영혼은 영원히 쓸 것이므로 결코 늙게 해서는 안 된다. 꿈과 희망과 사랑을 가져라.

30) M. 드레들러

중요한 것은 지금 당신이 얼마나 늙었는가가 아니라 어떻게 늙어 있는가이다.

31) J. 루스

청년기는 지혜를 연마하는 시기요, 노년기는 지혜를 실천하는 시기이다.

32) 명심보감

아버지는 아들의 덕을 말하지 않고, 아들은 아버지의 허물을 말하지 않아야 한다.

33) 소학

젊은이는 노인의 가벼운 짐을 혼자 지고, 무거운 짐은 나누어 져서 노인이 짐을 들지 않게 해야 한다.

34) 소포클레스

늙어가는 사람만큼 인생을 사랑하는 사람은 없는 것이다.

35) 아이스킬로소

늙어가는 시간은, 모든 것을 가르친다.

36) 프리이드리히

노인을 정중하게 조용히 죽이려고 생각하면, 젊은 아내를 마음대로 놔두면 된다. 노인에게는 효과 만점의 독약이다.

3. 호칭

■ 공식적 단어 쓰임

1) 노인 : 나이든 사람에 대한 일반 호칭(기능적 의미).

2) 노년 : 노인의 부정적 의미를 줄이기 위함임(시간적 의미).

3) 고령자 : 장년층에서 노년층까지 넓은 인구 개념.

4) 할아버지 : 부모의 아버지, 늙은 남자를 친근하게 이르는 말, 부모의 아버지와 같은 항렬에 있는 남자를 통틀어 이르는 말.

5) 할머니 : 부모의 어머니, 친척이 아닌 늙은 여자를 친근하게 이르는 말, 부모의 어머니와 같은 항렬에 있는 여자를 통틀어 이르는 말.

6) 어르신 : 나이가 많은 사람을 높여서 이르는 말.

7) 실버 세대silver 世代 : 사회 구성원 가운데 중년이 지

나 늙은 나이에 이른 사람을 통틀어 이르는 말.

8) 시니어 세대 : 베이비 붐 세대를 이르는 말로서 한국의 경우 1955년에서 1964년 사이에 태어난 사람들이 해당된다. 그러나 일반적으로 노년층을 지칭하기도 한다.

9) 망구望九 : 아흔을 바라본다는 뜻으로, 여든한 살을 이르는 말.

(10) 영감令監 : 나이가 많은 남자를 홀하게 부르는 말. 나이 든 부부 사이에서 아내가 자기 남편을 가리키거나 부르는 말. 군수, 국회의원, 판사와 검사 등 지체 있는 사람을 높여 이르는 말.

11) 늙은이 : 늙은 사람.

12) 노파老婆 : 늙은 여자.

13) 할멈 : 늙은 여자를 홀하게 가리키거나 부르는 말. 지체 낮은 여자를 이르는 말. 늙은 부부 사이에서 남편이 아내를 이르는 말.

14) 할아범 : 지체가 낮은 늙은 남자를 대접하여 이르는 말. 예전에, 늙은 남자 하인을 이르던 말. 지체가 낮은 사람에 대하여 그의 할아버지를 이르는 말.

15) 노땅 : 늙은 사람이나 한물 간 사람, 혹은 모인 사람

들 중에 상대적으로 나이가 많은 사람을 속되게 이르는 말. 노인 비하 단어임.

16) 꼰대 : 학생들의 은어로, '선생'을 이르는 말. 학생들의 은어로, '아버지'를 이르는 말. 학생들의 은어로, '늙은이'를 이르는 말. 노인 비하 단어임.

17) 노인네 : 나이 든 사람을 얕잡아 이르는 말. 노인 비하 단어임.

18) 노친네 : 나이 든 사람을 얕잡아 이르는 말. 노인 비하 단어임

19) 노인장老人長 : 노인을 높여 이르는 말.

■ **외국의 사례**

1) 영어권 나라에서의 노인에 대한 명칭

늙은 사람(older person), 나이 든 사람(aged), 연장자(elderly), 선배 시민(senior citizen), 황금연령(golden age).

2) 프랑스에서의 노인에 대한 명칭

제3세대

3) 일본에서의 노인에 대한 명칭

실버silver

■ 노인에 대한 부정적 단어

보수적, 수동적, 노털, 탐욕스러운 영감탱이, 의존적, 한가함, 할배층, 느림, 빈약함, 고집불통, 폐쇄적, 우울, 권위적, 꼰대, 무능함, 무 배려, 의타적, 무기력, 외로움, 거부감, 은퇴, 기피, 추함, 반말, 노땅, 꼰대, 노인네, 노친네, 노궁, 연금 충, 무료 충

4. 노인 관련 시 감상

■ 백발가 – 우탁(고려 말)

한 손에 막대 잡고 또 한 손에 가시 쥐고
늙는 길은 가시 덩굴로 막고
찾아오는 백발은 막대로 치려고 했더니
백발이 먼저 알고 지름길로 오더라

■ 훈민가 – 정철(조선 중기)

머리에 이고 등에 짐을 진 저 늙은이
짐 벗어 나를 주오
나는 젊었거늘 돌인들 무거우랴
늙기도 서럽거늘 짐조차 지실까

제4장
노년의 인적 관리

1. 자녀관리

자녀는 어릴 때만이 통제가 가능하다고 본다. 중학생 정도만 되어도 부모에게 반항하는 경우가 허다하다. 그렇다고 자식을 내칠 수도 없다. 옛날처럼 회초리로 다스리던 시대도 지났다. 자녀 폭행은 이제 범죄 행위로 몰릴 수 있다.

더군다나 성인이 되어 버리면 부모의 말을 잘 들으려고 하지도 않을뿐더러 오히려 무시당하거나 노인학대로 번질 수도 있다.

예전에는 부모가 자식에게 대접받고 살아야 한다는 시절도 있었다. 자식을 밑천으로 생각하던 시절이었다. 그러나 지금은 부모가 능력 없이 자식에게 부양받으면서 지낸다면 여러 가지 문제가 발생할 수 있다.

노후 문제를 자식에게 의지하려 하는 생각은 버려야 한다. 그러기 위해서는 젊어서부터 저축을 생활화해서 노후에는 자력으로 살 수 있도록 준비되어 있어야 한다. 그렇다고 자녀를 경계하고 멀리하라는 말은 아니다.

자녀에 대한 관리 대책을 다음과 같이 권하고 싶다.

첫 번째 자녀는 대학교까지는 가르친다. 능력이 닿는 데까지 학력을 이수하도록 지원한다.

두 번째 자립할 나이나 단계가 되면 서슴없이 내쳐야 한다. 다 큰 자식을 불쌍하다고 품어 부양하게 되면, 둘 다 삶이 피곤해지면서 자식의 앞길을 망쳐버리는 결과를 초래할 수 있다.

세 번째 자식 일에 끼어들어 간섭하지 말고 집착도 버려야 한다. 성인이 된 자식은 자신의 판단에 따라 인생을 살아가도록 지켜보아야 한다. 어설픈 충고나 인생 설교는 오히려 잔소리로 치부할 수 있다.

네 번째 자식과는 돈이나 재산 거래를 하지 않아야 한다. 자식에게 그냥 주었다고 생각하는 것이 편하다. 빌려 간 돈 돌려받기도 어렵고 거래에서 이행하지 않아도 독촉만 할 뿐 조치할 방도가 어려워질 수 있다.

다섯 번째 자식들에 대해서는 공평한 처우를 해야 한다. 어느 자식이 더 예쁘다고 편애하면 가족 간 불화의 원인이 될 수 있다.

여섯 번째 잘못은 지적해 준다. 자식에 대하여 호의만 베풀어서는 안 된다. 눈에 보이는 잘못은 지적해 주어야 사고나 불이익을 예방할 수 있다. 나쁜 습관도 고칠 수 있다.

일곱 번째 평상시 자식들과의 대화가 충분히 이루어져야 한다. 소통이 안 되어 있으면 오해나 다른 문제를 야기할 수 있다. 가족 행사 등을 통해 가족 간 인화에 노력하여야 한다. 일부러 자식에게 도움을 구하면서 친화력을 키울 수도 있다. 서로 간 선물 교환도 중요하다. 부모라고 무조건 받아 챙기기만 해서는 안 된다고 본다.

여덟 번째 자식에게 물려주고 싶은 집안 내력이나 행사는 수시로 일러주어야 당연하게 여겨서 이행하게 된다. 알아서 하겠지 하고 방심하면 모든 걸 안 해도 되는 것으로 인식하게 된다. 나중에 지적하면 오히려 반발을 살 뿐이다. 평상시 자기 소신의 말이나 자료, 물품 등을 전해주어야 한다.

2. 배우자 관리

무엇보다도 노년에 친구처럼 위로나 도움을 받을 수 있는 상대는 배우자이다. 배우자를 소홀히 하면 노년이 외롭고 힘들 수 있다.

노년에 있어 배우자 관리에 대해 다음과 살펴보자.

첫 번째 서로의 인격을 존중하는 자세가 필요하다. 대개의 경우 나이를 먹어가면서 고집도 세어진다. 그러다 보면 서로가 옳다고 다툼이 일어나기 십상이다. 노년에 다툼은 친화력은 물론이요 건강에도 안 좋다고 본다.

두 번째 피부 접촉 등을 통해서 정감을 유지하여야 한다. 대개의 경우 나이 먹어서 각방 쓰고 생활하다 보면 남보듯 살게 되어 있다. 이렇게 되면 정이라는 것이 없어지면서 그냥 형식적인 부부로 살아가기 쉽다. 성생활과 연계되는 말이기도 하다. 안아도 주고 입맞춤도 해서 분위기를 살리는 방법도 있다.

세 번째 서로 협조하는 정신이 필요하다. 나이 먹어갈수록 모든 게 귀찮아지게 되어 있다. 그러다 보면 해야 할 일을 서로에게 미루는 경우도 있다. 또는 모른 체 할 수도 있다. 갈수록 움직임 자체에서 서로의 도움이 필요할 수 있다. 몸이 불편해지고 아파질 때 서로의 도움이 절실해진다.

네 번째 서로에게 삶의 자유를 인정해 주어야 한다. 젊어서는 애들 키우느라 정신없이 매달려 살았고 중년에는 재산 챙기느라 허리 아프게 움직였다. 노년에는 각자 하고 싶은 일들을 할 수 있도록 자유를 주는 것이 좋다고 본다. 서로에게 여한 없는 삶을 살도록 기회를 주었으면 한다.

다섯 번째 서로에게 부담이 되는 행위는 삼가야 한다. 젊었을 때부터 해왔더라도 상대가 싫어하면 개선해야 한다. 젊었을 때는 같이 살기 위해서 참아왔을 경우가 많기 때문이다. 노년에는 상대가 싫어하면 하지 않아야 한다. 남자라면 설거지도 해보고, 요리도 해보고, 세탁기도 돌려보는 등 직장 다니던 때의 안일한 틀을 벗어나야 좋다고 본다.

여섯 번째 장난기 어린 삶이 좋다. 유머나 게임 또는 손 장난 등으로 웃음거리를 만드는 것도 침체된 둘만의 삶에 도움이 될 수 있다고 본다.

3. 친구, 지인, 주변인 관리

사람은 누구를 만나느냐에 따라 인생이 바뀐다고 한다. 그만큼 서로의 만남이 중요하다는 것이다.

젊어서는 한 사람이라도 더 사귀려고 노력하였다. 그러나 이제 생각해 보니 부질없는 일이었다는 자책감이 든다.

사람을 함부로 사귀면 그 영향을 많이 받게 되어있다. 시간도 빼앗기고 보지 않아야 할 것, 듣지 않아야 할 것, 느끼지 않아야 할 것 등을 겪게 되면서 내 인생 행로가 형편없이 되었다는 것을 이제야 실감한다.

나이 먹으면 친구나 주변인 관계가 자연스럽게 정리된다. 친하게 지내던 직장인들도 정년과 함께 이상하리만큼 다 끊어지고 사회생활 하면서 만났던 술친구 등도 보지 못하면서 소식이 두절되기 쉽다.

사실적으로 불필요한 만남은 줄여야 한다. 왜냐하면 자기 시간을 많이 가져야 하기 때문이다. 각종 친목 모임도 꼭 필요하지 않으면 차단하여야 한다. 할 일 없이 복지관이나 경로당, 등산, 바둑, 장기, 술 마시기와 잡담 등으로 남은 노년을 막연히 허비해 버리는 것이 너무 아깝기 때문이다.

젊었을 때 하고 싶었던 것을 곰곰이 생각해서 적어보자. '이제 늦은 건 아닐까' 하는 염려는 저 멀리 던져 버리고 실행할 방법을 강구하여 추진해 보자. 뜻하지 않은 행복과 보람을 가져다줄 것이다.

노년에 한가하다는 느낌이 들었다면 잘못 살고 있다고 생각한다. 일거리를 나름대로 만들어 바쁘게 살아보자.

결론적으로 필요한 친구나 지인만을 골라 연락을 유지함이 현명하다고 본다.

관계 등에 이끌려 남의 눈치를 볼 나이가 이제 아니다. 남은 시간은 나를 위해 많이 투자해야 할 때이다. 해가 항상 떠 있는 게 아니다. 때가 되면 여지없이 지게 되어 있다. 이처럼 우리 인생도 유한하다. 지금이라도 남은 세월 내 시간으로 돌려 아껴 써야 할 것이다.

제5장
노년 재산 관리

제5장 노년 재산 관리

재산이란 현금, 부동산, 물품, 증권 등 다양하게 많을 수 있다. 어떤 이는 노후를 멋있게 살겠다며 현금 몇억을 몰래 보관하고 있다가 갑자기 사망해 버리는 경우도 있었다. 남의 일이 아니다. 노년에는 건강을 자신할 수 없기 때문이다.

그렇다고 무턱대고 자식들에게 다 주어버리면 더 큰 문제가 발생할 수 있다. 재산 앞에서는 자식과 부모 간에도 남남처럼 처신하는 경우를 많이 보아왔기 때문이다.

같이 살던 부모를 요양원 등의 시설로 보내버리거나, 때로는 셋방살이로 전락하게 할 수도 있다.

사후 가족들의 불화를 방지하기 위해 일정 재산에 대하여 증여를 할 수 있다. 이때 살고 있는 집에 대해서는 증여 시 각서를 받아 보관해 놓거나 공증해 놓으면 좋다고 본다.

물려준 재산에 대하여 자식이 사업이나 또는 현금이 필요해서 담보를 통해 재산을 저당 잡히거나 탕진해 버리면 당장 쫓겨날 수도 있기 때문이다. 안전 보장책이 필요한 부분이다.

가장 중요한 것은 내가 먹고 살아갈 재산은 반드시 챙겨 놓아야 한다는 것이다. 귀찮다고 다 주고 나면 후회할 일이 생길 수 있다.

1. 부동산 관리

재산이 많은 경우 사전에 증여로 나눠줄 수 있다. 다만 거처할 집은 남겨야 한다. 필요하다면 일정 규모의 텃밭 등도 남길 수 있다.

자식에게 막연히 증여받으라고 하면 부담스러워한다. 많은 부동산의 경우에는 증여세 때문에 못 받을 수 있다. 당장 현금이 필요하기 때문이다.

증여 시에도 재산을 나누는 문제와 더불어 증여세 문제 등도 고민하고 고려되어야 할 부분이다.

사전에 재산을 분배해 주는 것도 마음 편한 일이라 본다.

참고로 부동산에는 토지나 건물 등이 있다.

2. 현금 관리

현금도 많은 경우 일정부분 증여해 주고, 필요한 만큼만 소유하는 것이 좋다고 본다.

중요한 것은 반드시 일정 금액 연금으로 돌려놓아야 안전하다고 본다. 노년에는 큰돈을 쓸 경우가 거의 없다고 보아야 하기 때문이다. 연금 저축 부분은 은행과 협의하면 된다.

국민연금이나 공무원연금 생활자도 추가 연금을 들어놓으면 좋으리라 본다.

현금을 가지고 있으면 각종 유혹이 따를 수 있어 위험할 수 있다.

3. 공동재산 관리

공동재산으로는 문중 재산 등이 있다. 문중 재산에는 선친을 모신 선산이나 납골당 등 다양하다. 토지나 건물을 매입하여 일정하게 세를 놓아 문중 경비로 수입 잡는 경우도 있다.

공동재산도 젊은 사람들에게 맡겨놓으면 팔아서 나눠 먹기식으로 재산을 탕진하는 경우를 많이 보았다.

이런 불합리한 일이 발생하지 않도록 문중 회칙이나 관계 규정 등을 점검하여 잘 정비해 놓아야 한다.

선친을 잘 모시는 것도 노년들의 몫이다. 요즘 젊은이들은 쉽게 생각하고 간편하게만 처리하려고 한다.

노년에서 선친 관리에 대한 지침이나 전수 내용을 수시로 알려주고 교육도 해야 한다.

부부 재산의 경우 각자 소유하고 있지만 공동재산의 성격이 있는 경우가 있다. 서로 상의하여 처리할 문제이다.

4. 물품 등 기타 재산

평상시 사용하던 물품이 필요 없게 될 경우가 점점 늘어난다. 이때는 과감하게 정리하여 자식이나 친족, 지인들에게 선물하여야 한다. 나중에 유품은 누가 가지려고 하지 않을 것이다. 이제 아깝다는 생각을 버려야 한다. 가지고 있어 봐야 짐일 뿐이다.

값어치 있는 물건은 팔고, 필요한 사람이나 기관에는 증여하여 처리한다. 증여할 가치가 없는 물건 등은 쓰레기로 버리면 된다.

경우에 따라서는 자손에게 대대로 물려줄 유산같은 것도 있다. 이런 경우에는 자식들에게 일러주면 된다.

5. 사례 이야기(실화)

지금의 시대를 노령화 사회라고들 말한다. 신생아 출생률에 비해 노인 사망률이 낮아진 탓도 있다. 여러 요인에 의해 인간 수명이 늘어가고 있기 때문이기도 하다. 노령화와 관련하여 정부 혜택과 지원 등이 많은 예산을 들여 이루어지는 것으로 알고 있다.

그러나 사회적으로 바라보는 노인의 시각은 심각하다는 생각과 노인복지의 허점도 있어 보인다. 독거노인에 대한 거주 주택의 확보가 심각하다는 것이다.

나는 이 지면을 통해 90세를 넘기신 서울 고모의 최근 이야기를 소개하려고 한다.

고모는 6.25동란으로 고모부를 잃으셨다. 그 당시 고모부와의 관계에서 유복녀인 사촌 누나를 낳았다.

고모는 어린 딸을 위안 삼아 궂은일을 마다하지 않고 열심히 생계를 이어갔다. 막노동이며 삯바느질, 생선장사 등 돈이 되는 일이라면 가리지 않고 열심히 하였다. 어렵게 키운 딸이 예쁘게 성장하여 혼기를 맞았다. 그래서 재산이 있어 보이는 배우자를 골라 결혼시켰다.

처음 신혼은 행복한 듯 보였으나 불행하게도 사위는 일정한 직업을 기피하고 도박에 빠지는 등 남편의 역할을 제대로 못 하였다. 그 결과 많은 재산을 탕진하면서 폐인이 되다시피 하여 불행한 삶으로 전락하고 말았다.

그 결과 고모는 딸에 딸린 가족까지 부양해야 하는 형편으로 전락하고 말았다. 그러나 고모는 딸에 대해 불만은 많았지만 자식이고 가족이라는 생각에 그들을 받아들여 따뜻하게 돌보았다.

가끔 외손주의 용돈도 챙겨주고 결혼 적령기에 접어든 손주에게는 결혼 비용까지 일부 부담하는 등 친손주와 같이 생각하고 그들을 보살펴 주었다.

그러다가 고모가 거처하던 집이 도시개발지역으로 지정되는 바람에 보상을 받아 아파트로 이사하게 되었다.

이 과정에서 80세가 되어가는 고모 입장에서 다소 짐을 덜고자 큰 외손주 앞으로 아파트 소유권을 넘기고 현금도 맡겼다.

처음 이사해서는 한 식구가 되어 같이 잘 지냈다. 그런데 나이가 더 들면서 잔소리가 많아지고 의심이 잦아진 고모의 행동에 반발심이 발동하여 함께하던 식구들이 아파트를 모두 떠났다.

고모 혼자 넓은 아파트에서 거처하게 된 것이다.

그러나 그것도 잠시 곧바로 문제가 발생하였다. 외손주가 법적인 소송을 걸어온 것이다. 소유권을 빌미로 퇴거를 명한 것이다. 고모는 마땅한 대책이 없었다. 90세가 넘으시다 보니 정신적으로나 육체적으로 나약하신 데다 적극적으로 관여해 줄 가족이 없었던 탓이었다. 외동딸의 가족을 전적으로 믿고 살았기에 다른 여타의 사람들이야 별로 신경을 쓰지도 않았기 때문이다.

이제 와서 딸을 원망하고 외손주를 원망한들 어찌할 것인가. 가족끼리 벌어진 패륜 범죄로써 남부끄럽기도 하지만 또한 마땅한 대응 방법도 없었다.

그래서 조카인 내가 나서서 다른 거처를 알아보기로 했

다. 그런데 또 더 큰 문제가 발생하였다. 부동산 사무실 여기저기를 찾아다니며 빈방을 알아보았지만 90세가 넘으신 노인에게 집을 선뜻 내줄 사람이 없다는 것이었다.

집세가 문제가 아니라 노인이라는 이유로 집을 줄 수 없다는 것이다.

나이 70세가 되어도 노인으로 취급되어 방을 선뜻 주지 않는다는 것이다. 나이 먹는다는 게 이렇게 서럽다는 것을 실감하는 기회가 된 것이다. 노인에게 세를 놓지 않는 이유는 고령이 되어갈수록 건망증도 심해지고 깜박하는 경우가 많아지면서 자칫 안전사고 위험과 화재 위험 그리고 고질병으로 인하여 언제 화를 당할지 모르는 불안감이 있기 때문일 것이다.

다음으로 또 실망한 게 있었다.

주변 친지들까지 고개를 돌린다는 것이었다. 나이 먹었으면 요양원이나 가는 것이 수순이라고 말하는 것이다.

요양원을 두고 "노인들의 감옥"이라고 표현하는 등 일반사람들에게 있어 좋은 인상을 주는 곳은 아니라는 평이다. 따라서 일부 노인들이 기피하거나 꺼리는 곳이기도 하다.

나는 고모가 장수하신 것을 두고 집안의 자랑이라고 생각하고 있다. 그러나 현실에서, 노인 공경은 고사하고 노인 학대나 적게 받으면 다행이라는 생각도 해본다.

고모는 아직 건강하여 손수 밥을 짓고 반찬도 만들어 드시는 분이다. 그래서 요양원 가는 것을 거부하는 것이다.

이렇게 며칠을 고민하고 있는데 친누나한테 연락이 왔다. 아시는 분이 집을 세놓아 고모를 이해하고 받아 줄 것 같다는 것이었다. 어려운 일을 해결한 듯 기뻤다.

급한 김에 바로 계약을 추진하고 이사를 추진하였다. 이사전문업체를 통한 이사도 이틀에 걸쳐서 하였다. 그동안 묵은 살림이 많았던 탓이었다.

이제 막 옮긴 집이라 낯설고 적응에 시간이 들겠지만 안식처를 얻었다는 것만으로도 크게 만족하여야 할 것이라는 생각이 들었다.

누구든 아직 젊은 사람들은 늙음을 생각하지 않는다. 그것은 내 이야기가 아닌 것으로 착각하며 살아가는 것이 안타깝다.

인생 마무리를 하시는 고모에게 작은 힘이나마 보태드리고 싶다. 이제 모든 욕심을 내려놓고 친구들과 이웃 그리고 요양보호사와 더불어 오래도록 건강하게 제3의 인생을 꿈꾸었으면 하는 바람이다.

　여기에서의 교훈은 자식이나 친지 등에게 재산을 함부로 주어서는 안 된다는 것이다. 돈 앞에서는 부모도, 자식도, 형제간도, 친척들도 모두 남일 경우가 허다하다. 이처럼 속임을 당할 수도 있고 배반당할 수도 있다. 노년에 명심하여야 할 일이다.

제6장
노년 대비 자세

1. 경제 관리

　노후를 위해서는 뭐라 해도 경제적으로 안정되어 있어야 한다. 봉급이나 수입에서 일정 금액을 저축하거나 투자 등을 통해 돈을 모아 놓아야 한다.

　정부 지원도 있지만 풍요로운 삶을 위해서는 자신의 재산이 어느 정도 축적되어 있어야 한다.

　만약 이러한 조건이 만족되어 있지 않으면 일자리를 확보해야 한다. 노년에는 일반 직원처럼 적정 보수를 받을 수 없을 뿐만 아니라 직장 내에서도 푸대접 받을 염려가 있다. 이런 점들을 감안하여야 한다. 노년까지 계속해서 일할 수 있는 능력을 갖추는 것도 행운이라고 본다. 일을 할 수 있다는 것은 행복한 것이라고 생각한다. 노년에는 시간제 근무가 좋을 것 같다. 하루 정규적인 근무는 몸에 무리를 줄 수 있기 때문이다. 또한 여가를 즐기는 데도 걸림돌이 될 수 있다. 예를 들어, 오전 근무나 오후 근무 정도로 잡는 게 좋을 것 같다.

이런 일자리를 만들기 위해서는 자격증 취득, 기능 습득, 특기, 전문성 등이 구비되어 있어야 한다. 노년이 되기 전에 자격증이 취득되어 있어야 하고 전문적인 지식이 갖추어져 있어야 한다. 대개의 경우 직장과 연계된 직업군에서 많이 근무한다.

일자리도 적극적으로 찾다 보면 괜찮은 곳이 생길 수 있다.

노인 고용을 조건으로 정부 지원을 받는 회사도 있다.

■ 내 집 마련하기

남의 집을 살아보지 않은 사람은 집 없는 서러움을 모를 것이다. 특히나 노년에는 심각하다. 돈이 있어도 노인에게는 세를 놓지 않기 때문이다.

도심에 집을 사기란 쉽지 않다. 따라서 외곽이라도 내 집을 장만해 놓아야 한다. 집값이 비싼 대도시에 목을 매느니 소도시나 귀농으로 이주를 해서 집을 마련하는 것이 한 방편이 아닐까 생각한다. 어떤 형태로든 노후에는 내 집을 가져야 한다.

기초생활보장수급자는 정부에서 지원하는 아파트에 입주하여 주거를 해결하여야 한다.

주거 선호 형태는 아파트와 단독주택이 있다. 서로 간에 장단점이 있다.

주거 입지 조건으로 다음 몇 가지를 들어본다.

첫째 병원 가까운 곳이 좋다.

둘째 마트나 시장이 가까우면 편리하다.

셋째 공원이 있으면 산책 등에 좋다.

넷째 복지관 등이 인근에 있으면 이용할 수 있다.

다섯째 교통이 편리한 지하철역 주변이나 버스 승강장이 주변에 있으면 좋다.

여섯째 경찰서, 관공서, 소방서, 도서관 등이 주변에 있으면 좋다.

일곱째 그 밖에 자신에 필요한 시설이 가까이 위치하면 좋다.

나는 나이 들게 되면 한때 전원주택을 꿈꾸었는데 현실로 겪어보니 그게 아니었다. 늙을수록 사람들과 어울려 사는 밀집 주거시설이 좋다는 것을 새삼 깨달았다. 참고로 이층집이라도 계단으로만 이용 가능하다면 주거지로 고려해 보아야 한다. 노인에게는 적합하지 않다.

특히나 노후에 내 집이 필요한 것은 자식들과의 독립을 위해서다. 집은 크지 않은 아담한 규모면 된다. 나의 의견으로는 자식들과 함께 거주하는 것을 반대한다. 혼자 독립하는 게 노후생활이 훨씬 편하고 좋다.

자식들과 함께하다가 뜻하지 않게 요양원으로 보내질수 있다.

노후에는 절대 자식을 믿어서는 안 된다고 본다.

주택 마련은 정년 전에 해 놓아야 좋다. 퇴직자금으로 집을 마련하다 보면 노후 자금이 지출되어 쪼들릴 수 있다.

■ 보험 들어 놓기

노후에 질병이나 사고를 당했을 때 보상받을 수 있는 보험을 하나쯤 들어 놓으면 좋다. 몸이 아파서 수술 등으로 비용이 들어간 경우, 실비보험 등으로 보상받을 수 있다. 보험 가입도 노후 대책 중 하나다.

■ 자식보다 자신을 먼저 챙겨야

여유자금이 있다면 대개의 경우 자신보다 자식을 먼저 챙기는 경우가 많다. 이는 잘못된 판단이라고 생각한다. 남은 인생 자신의 몫을 먼저 챙겨야 노후를 편히 보낼 수 있다.

자식은 아직 젊기 때문에 독립하여 얼마든지 살아갈 수 있다. 자식 먼저 챙겨주고 노후를 힘들어하는 것보다 어리석은 일이 없다. 셀프부양시대란 말이 있다. 노후는 자신이 책임져야 한다는 말이다.

옛날에는 자식에게 재산 다 물려주고 같이 사는 방식을 취했다. 그러나 지금은 자식이 부모를 모시고 살려고 하지 않는다. 자신이 독립하지 못하면 노후가 비참해질 수 있다.

2. 취미분야 만들기

노년을 뜻있고 재미있게 보내려면 취미분야를 선택하여 공부하여야 한다. 취미활동을 하면 여러 가지 좋은 점이 있다. 취미에 빠지면 친구보다 좋다.

세월은 우리에겐 유한하다. 정해진 세월을 막연히 보내버린다면 너무 허무할 것 같다. 즐거움을 갖기 위한 취미생활은 필수이다.

첫 번째 연습 등으로 바쁘게 살 수 있다.

두 번째 동호인 활동을 통해 사람을 많이 만난다.

세 번째 자기 만족감과 성취감을 가질 수 있다.

네 번째 취미가 전문화되면 돈벌이 수단이 될 수 있다.

다섯 번째 정서생활에 도움이 된다.

여섯 번째 재능기부 등으로 봉사활동을 할 수 있다.

노년에 많이 하는 취미 분야는 나음과 같다.

■ 악기 다루기

악기는 손가락과 두뇌를 많이 쓰기 때문에 정신 건강에 좋다고 한다.

노년에 다루는 악기로는 풍물악기(장구, 꽹과리, 북, 징), 국악기(대금, 소금, 피리, 단소, 아쟁, 거문고, 가야금 등), 아코디언, 색소폰, 기타, 피아노, 드럼, 하모니카, 오카리나, 우쿨렐레ukulele 등이 있다.

■ 서예

서예에는 한글체와 한문체가 있다. 서예는 정신 집중에 좋은 예술적 취미이다. 서예와 비슷한 모양내기 글씨도 있다.

■ 춤

춤에는 에어로빅, 사교춤, 한 춤, 고전무용, 장고 춤, 북춤 등 다양하게 많다. 일반적으로 사교춤을 권하고 싶다. 배우기 쉽고 활용하기 편하다. 다른 춤은 예술적인 춤으로 전문성을 원하기 때문에 힘들 수 있다. 또한 과다하게 움직이는 춤은 노년의 몸에 무리를 가져올 수 있다.

■ 판소리

판소리도 노년층에 의외로 인기가 좋다. 판소리는 17세기부터 등장한 한국의 전통 음악이자 고전 문학이다. 장단에 진양조, 중모리, 중중모리, 자진모리, 휘모리, 엇모리 등이 있다. 내용 구성에 따라 느리고 빠른 장단으로 구성된다. 소리 북을 치는 고수의 반주는 소리를 살리기도 하고 죽이기도 하면서 "얼씨구", "좋다", "으이", "그렇지" 등의 추임새를 넣는다. 판소리는 기쁨, 슬픔, 분노, 사랑 등 다양한 감정을 몸짓과 목소리를 통해 표현하는 기법이다. 판소리를 하면 좋은 점을 살펴보면 다음과 같다.

첫째 호흡이 길어지고, 폐활량이 좋아진다.

둘째 정신이 맑고 건강해진다. 권선징악, 풍자, 해학 등 다양한 삶을 다룬다. 교훈이 담긴 노랫말을 배우다 보면 맑은 마음을 얻을 수 있다고 한다.

셋째 기억력 향상과 스트레스 해소에 효과적이다. 악보

없이 긴 노래를 외워서 불러야 하는 판소리는 기억력 향상에 아주 좋다. 통성으로 지르는 창법이라 스트레스 해소에도 효과가 있다.

넷째 판소리 문화유산을 보존해가는 효과가 있다. 판소리는 오랜 시간 동안 전승되어 온 전통이다. 이를 통해 선조들의 지혜와 경험을 이어가는 역할을 한다. 또한, 선대와 후대를 연결하는 역할도 가지고 있다.

다섯째 입모양을 통해 얼굴 근육을 많이 쓰기 때문에 운동효과도 기대할 수 있다. 호흡과 목소리 때문에 배의 장 근육 운동 효과도 가질 수 있다.

여섯째 큰 소리를 지르면서 뇌에 자극을 주어 뇌 건강에도 영향을 주리라 본다.

일곱째 자신 있게 표현하는 기법을 터득하는 효과를 기대할 수 있다.

여덟째 대중 앞에 설 수 있는 담력을 키울 수 있다.

판소리 경연대회는 해마다 많은 곳에서 열리고 있다. 실력을 쌓아서 참여해 봄도 좋으리라고 본다.

■ 장단

판소리에 장단을 맞추는 것으로 북과 장구가 있다. 오랜 기간 숙달시켜야 활용할 수 있다.

■ 글쓰기 – 시, 수필, 소설 등

노년에 의외로 몰려드는 인기 분야이다. 노년에는 과거에 살아온 이야기가 많기 때문에 의외로 소재거리가 많을 수 있다.

■ 드론 조작

드론은 우크라이나 전쟁에서 두각을 나타냈다. 드론은 사진 찍기, 농약 살포, 물품 운반, 정찰 감시, 전쟁용 살상 무기 등으로 쓰임이 점점 확대되어 가고 있다. 드론 조작을 잘하면 돈벌이 수단으로 활용 가능하다.

■ 시 낭송

시 낭송도 노년에 인기 종목이다. 시 낭송노 일반 행사에서 잘하면 노래 잘하는 것처럼 감동과 호응을 얻을 수 있다. 시 낭송의 좋은 점을 살펴보면 다음과 같다.

첫째 시심詩心을 기를 수 있다.

둘째 정확한 발음 연습을 할 기회를 가질 수 있다.

셋째 표현하고 전달하는 법을 배울 수 있다.

넷째 호흡과 발성 강도를 연구할 기회를 가질 수 있다.

다섯째 억양과 어조를 공부할 수 있다.

여섯째 대중 앞에서 자신을 드러내는 태도를 공부할 수 있다.

일곱째 암기력 향상과 언어 구사 실력을 향상 시킬 수 있다.

시 낭송 실력을 쌓아서 경연대회에 참여해 보는 것도 좋으리라고 본다.

■ 외국어 강습

외국어 공부는 두뇌 사용에 좋은 효과가 있다고 한다.

외국어에는 영어, 중국어, 일본어 등 다양하게 많다. 야심
차게 도전해 보는 것도 좋다고 본다.

■ 노래 교실

노래를 취미로 삼아 재미있게 사는 것도 건강 요법이
될 수 있다.

■ 사진 찍기

사진은 빛과 순간의 예술이라고 하였다. 빛의 강도와
소재의 만남이 중요하다는 것이다. 그 다음이 촬영기법이
라고 할 수 있다. 그에 부수적으로 사진장비의 중요성도
따른다.

사진의 목적으로 제일 중요한 게 기록성이라 할 수 있
다. 카메라가 나오기 전에는 화가가 그 역할을 다 하였다.

사진 한 장으로 그 시대를 대변 할 수 있고, 함축된 뜻
을 전달하기도 한다.

사진에 빠져 들수록 예술적 묘미가 깊어진다. 사진은
조작 예술이라고도 한다. 사진을 찍는 기법이 다양하기

때문이다.

최근 카메라는 자동초점 기능이 좋아서 순간 촬영이 가능하다. 특별한 기술 없이도 좋은 사진을 얻을 수 있다.

사진을 하려면 우선 사진 강습회에 참여하거나 사진동호회를 찾아 먼저 기초부터 배우는 게 좋다. 사진동호회에는 30년 이상 활동한 베테랑들이 많다. 사진도 무엇보다 많은 경험이 반영된다. 많은 시간과 노력이 요구되는 취미활동이다.

사진의 좋은 점을 살펴보면 다음과 같다.

첫째 자신의 생활을 기록으로 남길 수 있다.

둘째 좋은 소재를 만나면 그 기쁨이란 이루 말할 수 없는 희열을 느낄 수 있다.

셋째 항상 아름다운 것만 찾는 습성이 생긴다. 따라서 정서활동에 좋다.

넷째 사물을 관찰하는 감각기능을 발달시킬 수 있다.

다섯째 좋은 작품을 통해 자존감을 높일 수 있다.

여섯째 도서편찬이나 자료 등으로 활용할 수 있다.

일곱째 예술성도 기를 수 있다.

여덟째 전시회를 가질 수 있으며, 이를 통해 실적도 남길 수 있다.

아홉째 카메라만 들면 무료하지 않다. 혼자 있어도 외로움을 모른다.

열째 잘 찍어진 사진을 보면서 희열을 맛볼 수 있다.

잘 찍혀진 사진이나 작품성이 있는 사진은 각종 사진대회에 응모해 볼 수 있다.

■ 그림 그리기

그림은 연필화부터 시작하는 게 좋다고 한다. 그림 감각을 익히고 숙달이 된 후 색칠하는 법을 차차 익혀 가면 된다. 그림 그리기 분야에는 연필 스케치, 색연필화, 유화, 수채화水彩畵, 묵화 등 다양하게 많다.

■ 운동 분야

탁구, 수영, 줄넘기, 봉체조, 턱걸이, 팔굽혀 펴기, 윗몸일으키기, 자전거 타기, 요가, 배드민턴, 등산 등이 있다.

운동에는 취미생활을 겸하면서 유산소 운동을 할 수 있

다. 팔굽혀 펴기만으로도 몸 짱이 되었다는 이야기를 유튜브에서 본 적이 있다. 건강관리를 위해서는 기본적인 운동을 습관처럼 해야 한다. 운동은 헬스클럽 등에서 해야 한다고 너무 거창하게 생각하면 실행이 어려워진다. 일상에서 취미처럼 나에게 맞는 운동을 찾아보는 것이 좋다고 본다. 장수하는 사람의 특징 하나로 자기만의 운동법을 생활화하는 경우를 많이 보았다.

■ 독서(책 읽기)

독서는 간접경험을 쌓아주기 때문에 통찰력을 얻기에 좋다. 처음부터 많은 양을 읽으려고 하면 싫증이 날 수 있다. 독서량을 조금씩 늘려갈 필요가 있다. 주변의 도서관을 이용하면 좋다.

■ 반려식물 키우기

흙을 만지면서 하는 취미활동이기 때문에 건강에도 좋은 효과를 준다고 한다. 잘 자라는 식물을 보면서 만족해하는 것도 정서활동에 좋은 효과가 있을 것이라고 본다.

텃밭을 가꾸어 보는 것도 좋다.

■ 명상수련

명상수련은 우울 증상과 기억력 개선에 좋은 효과가 있다고 한다.

■ 영화, 공연 관람

영화나 공연관람도 좋은 취미라고 본다. 영화 촬영장에 가 보면 그 시대에 맞게 소품 하나하나 꼼꼼히 점검하여 갖추는 것을 보았다. 나는 그 시대상을 너무 잘 나타내어서 사진을 찍으려 했더니 강하게 통제하여 못 찍었다. 인물의 옷차림이며 움직임, 말씨, 표정 등에 극히 민감하였다. 이처럼 영화 한편 찍는 데도 많은 장비와 스텝이 동원되고 고심하는 것을 보았다.

각종 공연도 마찬가지이다. 여러 사람에게 감동을 얻으려면 나름 피 말리는 연습을 한다.

이런 영화나 공연 관람의 효과를 나열해 보면 다음과 같다고 본다.

첫째 간접경험의 기회가 된다. 몰입하다 보면 내가 영화에 나오는 한 인물이 된 것처럼 착각하기도 한다.

둘째 상상력을 기를 수 있다.

셋째 국가적, 지역적, 시대적 상황에 따른 문화, 문물, 관습, 풍습, 환경 등을 이해하는 공부의 기회가 된다.

넷째 한권의 소설을 읽는 효과가 있다.

다섯째 기분 전환의 기회가 된다.

여섯째 관람 중 자신의 일과 관련하여 아이디어나 깨달음을 얻을 수도 있다.

일곱째 스트레스를 해소할 수 있다.

여덟째 모방 심리에 따라 현실에 적용할 수 있다.

아홉째 문화생활을 즐길 수 있다.

열째 감상문 등을 통해 좋은 글을 쓸 수 있다.

열한째 스릴감을 맛볼 수 있다.

열두째 어떤 분야에 호기심을 가질 수 있다.

열셋째 공연 관람을 통해 훌륭한 예술을 이해하고 감상할 수 있다.

열넷째 대리만족의 효과를 얻을 수 있다.

3. 건강 챙기기

노후의 건강은 젊을 때부터 얼마나 잘 몸 관리를 했느냐에 따라 많은 차이가 난다고 한다. 특히나 70대에 꾸준하게 건강관리를 잘해야 80대와 90대 이후를 건강하게 보낼 수 있다. 건강관리는 아무리 강조해도 지나치지 않다.

다음으로 건강관리를 위해 실천해야 할 사항들에 대해서 나열해 본다.

■ 걷기

걷기는 돈 안 들이고 할 수 있는 최고의 건강법이다. 걷기의 이점을 살펴보면 다음과 같다.

첫째 걷기는 제2의 심장이라 일컫는 발바닥과 다리근육 등을 자극함으로써 혈액순환을 원활하게 한다.

둘째 걷기를 통해 기분전환도 할 수 있으므로 정서 순화에도 좋다.

셋째 걷는 동안에 일광욕도 겸할 수 있다.

넷째 맑은 공기를 흡입할 수 있다.

다섯째 자연경관이나 주변 환경을 생각하며 걷다 보면 마음을 비울 수 있다. 스트레스를 해소할 수 있다.

여섯째 걸으면서 나만의 시간을 가질 수 있다.

일곱째 친구 등과 같이 걸으면 우정을 쌓을 수도 있다.

■ 규칙적인 생활

나이를 먹을수록 게을러지면서 움직이기를 싫어한다. 그러다 보면 불규칙적인 생활로 몸이 망가지게 되어 있다. 따라서 일상적인 움직임을 반드시 계획해 놓고 그것을 습관화하는 것이 좋다. 아침 일어나면서부터 저녁 잠자리에 들기까지 세부적인 실천 계획이 있어야 나태한 삶을 살지 않을 수 있다.

아침부터 운동하기에는 추운 감이 있다. 그래서 나는 아침에 일어나서 한 시간 이상 책을 보고 오전에는 하고

픈 일을 한다.

오후에 반드시 산책 등을 하면서 2시간 이상 운동시간을 잡았다.

저녁때는 취미활동(서예, 글쓰기)을 하고 10시에는 잠잘 준비를 한다. 잠자리에 들기 전에 책 읽기 시간을 두었다.

이렇게 자기만의 시간을 짜놓고 평생에 걸쳐 실천하려는 의지를 갖춰야 하리라고 본다.

■ 일광욕

일광욕은 면역력 증강에 필수적이라고 한다. 운동시간을 통해 일정 시간 일광욕을 하도록 한다.

■ 충분한 수면

나이 들면서부터는 욕심을 버리고 저녁 늦게까지 무리하지 않아야 한다. 수면시간은 7시간 이상 확보하여 충분한 휴식을 취한다. 수면시간에는 불필요한 행위를 삼가고 숙면을 취하도록 노력하여야 한다. 또한 적절한 수면 환경을 조성하여야 한다.

숙면을 위해 실행할 내용은 다음과 같다.

첫째 수면 생체 시계를 만든다. 예를 들어 저녁 11시 취침해서 아침 6시에 일어나는 것을 규칙적으로 시행하는 것이다.

둘째 수면 방해를 받지 않도록 한다. 수면에 방해되는 조건들을 제거하여야 한다. 수면 중 전화 통화, 불필요한 소음, 걱정과 스트레스 등을 잘 관리하여야 한다.

셋째 평상시 근력운동을 꾸준히 한다.

넷째 낮에는 햇빛을 충분히 쬐도록 한다.

다섯째 잠자기 4시 전에는 음식을 섭취하지 않는다. 저녁식사 이후에는 간식 등의 음식을 섭취하지 않아야 한다. 장을 충분히 쉬어 주어야 한다.

여섯째 잠자기 전에는 휴대폰, 컴퓨터 등을 멀리한다.

일곱째 수면 중 중간에 깨어났더라도 시계를 보지 않는다.

여덟째 잠자기 전 복식호흡 등을 하면서 긴장을 풀어 준다.

■ 소식

음식은 많이 섭취하면 안 좋다. 적게 먹는 습관이 좋다. 그렇다고 무조건 적게 먹으면 영양실조의 위험이 있다. 골고루 갖춰진 영양식의 식단 계획을 세워 식사해야 한다.

적게 먹는 소식은 장수 비법의 하나로 널리 알려져 있다.

■ 음식은 오래 씹을수록 좋다

나이 들면서는 음식을 삼키기가 힘들 수 있다. 항상 천천히 시간 여유를 두고 식사해야 한다. 젊을 때처럼 급하게 먹기보다는 오래 씹어서 먹어야 건강에 좋다. 노년에는 갑작스러운 음식 섭취로 생명이 위험할 수도 있다. 체하지 않게 부드러운 음식을 충분히 씹어서 먹어야 한다. 마실 물을 항상 준비해 두는 것이 좋다.

■ 충분한 물 섭취

우리 몸은 거의 물로 구성되어 있기 때문에 물을 충분히 섭취하여야 한다고 한다. 물을 적게 마시면 노화를 촉진할 수도 있다고 한다. 나는 약수터 물을 즐겨 마신다. 그리고 찬물보다는 미지근하거나 따뜻한 물을 마신다. 나이 먹어서는 특히나 물은 따뜻하게 마시는 게 좋다. 보리차를 끓여서 차처럼 마셔도 좋다. 시중에 판매되는 음료수를 물 대용으로 마시면 건강에 해로울 수 있다. 커피나 녹차, 홍차 등도 자주 마시면 몸에 안 좋다고 한다. 물 대용으로서의 음료수나 차는 구별되어야 한다고 본다.

아침 공복과 취침 전에 물 한 컵을 마시는 것도 몸에 좋다고 한다.

수분 섭취 방법의 하나로 한 잔의 물을 급작스럽게 마시면 안 된다. 서서히 나누어 마셔야 좋다.

■ 배출

먹으면 먹은 만큼 반드시 배출해야 한다. 배출을 참거나 소홀히 하면 병이 올 수도 있다. 소변 등은 되도록 참지 말아야 하며 대변은 하루에 한 번씩 배출해야 좋다. 나는 하루 일정 시간에 대변기에 앉아있는 습관을 들였다.

배출을 못하면 몸에 독소가 쌓여 갖가지 질병을 가져올

수 있다. 여름에도 에어컨만 좋아할 게 아니라 땀을 충분
히 흘려주어야 좋다.

■ 씻기

목욕을 하면 몸이 개운한 것을 느낀다. 그러나 목욕을
자주 하면 체력 소모를 가져올 수 있고 고질병이 있는 경
우에는 주의를 요한다.

젊었을 때는 냉수마찰이 좋다고 해서 실시한 경험이 있
다. 그러나 노후에는 이를 실행하기가 어려워진다. 특히
겨울철에는 감기 등에 노출될 수 있기 때문에 조심하여야
한다.

나는 요즈음 미지근한 물로 하루에 한 번 샤워하는 수
준으로 가볍게 씻는다.

씻는 것은 혈액순환에 도움이 되고, 정신이 맑아지면서
피로 해소에 도움을 준다. 또한 각종 병원체 전염 예방 면
에서 필수적이기도 하다.

외출하고 들어오면 반드시 씻어야 한다. 씻는 것에 대
해 게으르면 안 된다.

몸을 잘 씻으면 피부노화를 늦추는 방법이 되기도 한다.

따뜻한 물 샤워 후 찬물 샤워도 좋은 목욕법이라 한다. 몸에 자극을 주는 건강법이다. 그러나 심장이 약한 사람은 주의를 요한다.

가끔은 사우나 목욕을 통해 노폐물 배출과 피부 수분 보충을 해주고 피로를 풀어주는 게 좋다고 생각한다.

■ 근력운동

걷기 등 다른 운동을 하지만 나이 먹을수록 근육 유지가 필요하다. 근육이 약해지면 몸을 움직이기에 불편을 느낀다. 육안으로 볼 때 행동이 느려진다. 그리고 근육이 없으면 면역력이 떨어지므로 각종 질병에 노출될 수 있다. 특히나 근육이 없어 힘없이 넘어지게 되면 뼈를 다치게 될 경우에 단명의 원인이 되기도 한다. 그 밖에도 근육이 없어지면 인지기능 장애 등 몸에 다양한 기능 이상을 가져올 수 있다.

근육을 유지하려면 제일 좋은 것이 가까운 헬스장에 다니는 것이다. 그렇지 못할 경우 간단한 운동기구를 구입하여 집에서 할 수 있다. 그것도 불편한 경우 팔굽혀 펴기 운동, 턱걸이 운동, 복근운동 등 내 몸에 맞는 운동법을 선택하여 지속적으로 실시하여야 한다. 상담을 통해서라도 근육에 자극을 줄 수 있는 운동법을 개발해 보자.

늙었다고 편한 것만을 추구하면 급작스러운 노화를 초래할 수 있으므로, 운동하면서 많이 움직일 수 있도록 적극적으로 노력하여야 한다.

■ 식사 방법

음식 섭취는 정해진 시간에 규칙적으로 해야 좋다. 아침에 따뜻한 물 한 컵을 섭취하고 과일 등을 섭취하는 것이 좋다. 과일 등은 식사 전에 먹는 것이 좋다고 한다. 점심과 저녁은 잘 먹어야 한다. 그리고 중간에 간식을 자주 먹으면 장에 부담을 줄 수 있으므로 자제하여야 좋다. 저녁은 6~7시 사이에 먹고 다음날 아침 8시까지 공복 상태로 놔둬야 장에 좋다고 한다. 모든 음식을 섭취하지 않는 게 좋다. 따뜻한 물만 가끔 섭취할 수 있다.

노후에는 소화력이 떨어지기 때문에 어떤 음식이든 많

이 먹는 것을 삼가야 한다. 젊을 때는 소화력이 왕성하여 무엇을 먹어도 부담을 갖지 않는다.

그러나 노후에는 음식을 가려먹거나 평상시 식단을 관리하는 시기이기도 하다.

몸에 해로운 음식으로는 정제 설탕, 가공식품, 자극성 있는 차, 콜라 등 탄산음료, 구워 먹는 탄 고기, 흰 빵 또는 면류, 튀김류, 육류 다량 섭취 등이 있다.

몸에 좋아 챙겨 먹어야 할 음식으로는 콩류, 딸기류(베리류), 과일류, 달걀, 마, 양배추, 바나나, 토마토, 버섯류, 견과류, 고구마, 감자, 당근, 사과, 마늘, 양파, 상추, 시금치, 호박, 적당량의 육류와 생선류, 제철에 나는 곡류 및 과일류 등 그 밖에도 많이 있다. 몸에 좋은 음식이 모든 사람에게 다 좋은 것은 아니다. 질병이나 체질에 따라 가려 먹어야 할 것이 있기 때문에 자신에 맞는 음식을 찾아야 한다. 노년에 영양 섭취는 매우 중요하다. 소화 흡수력이 떨어지기 때문에 그만큼 더 고단위의 음식을 섭취하여야 한다.

참고로 현재 95세이신 고모의 장수 비결 중 하나가 매일 계란과 참기름을 드시는 것이다.

제철에 나는 음식을 강조하는 이유는 이렇다. 여름에 나는 음식은 대체로 찬 성질을 가지고 있다. 따라서 여름에 나는 과일 등을 겨울에 먹으면 안 좋다는 것이다. 몸을 차게 할 수 있기 때문이다. 나라별로 추운 지방의 음식은 열이 많고 더운 지방의 음식은 찬 성질일 수 있다. 참고로 말할 뿐이다.

■ 지압, 마사지하기

우리 몸을 잘 만져주면 혈액순환을 돕고 신경을 풀어주면서 질병 치료에 영향을 줄 수도 있다. 지압이나 마사지는 공부를 통해 알아야 한다. 일반적으로 발 마사지, 머리 지압, 귀 마사지, 얼굴 마사지, 몸통 마사지 등이 있다. 지압이나 마사지를 잘해도 질병 예방이나 치료에 많은 도움을 준다고 한다.

■ 체온 유지

우리가 찬 곳에서 자고 나면 몸이 찌뿌둥하게 안 좋은 것을 느낄 수 있다. 때로는 감기에 걸릴 수노 있고 질병을 얻는 수도 있다. 우리 몸은 정상적인 체온으로 36.5도를 말하고 있다. 이 체온에서 조금만 내려가거나 올라가는 환경에 처하면 불편함을 느낀다. 주거 조건에서 이 체온을 유지하지 못하면 각종 질병의 원인이 될 수 있다고 한다.

특히 겨울철에는 난방에 관심을 가져서 체온 유지에 노력하여야 한다.

체온 유지도 건강관리에 중요한 요인이다.

■ 휴식 시간 갖기

나이 들어 업무나 일에 과로하면 건강에 위해를 받을 수 있다. 욕심을 가지면 무리가 오기 때문에 버려야 한다. 그리고 지치면 쉬어 주어야 한다.

낮에 잠이 오면 잠깐 잠을 자는 것이 좋다. 낮잠을 많이 자면 오히려 해로울 수 있으므로 적당량 피로만 풀 수 있을 정도로 취하고 일어나 산책 등을 통해 몸을 풀어주어야 한다.

■ 사람들과 어울리기

정신 건강을 위해서는 사람들과 어울리는 것이 좋다.

사람들과 어울리는 방법은 다음과 같다.

첫째 가족이나 친구, 지인과의 대화시간을 갖는 것이다. 어느 나라의 장수촌 마을에서는 가족 단위로 집은 각자 거주하면서 조부모나 부모를 수시로 방문하는 것을 보았다. 가족 간에 유대관계를 유지하는 것이다. 또한 친구들과 동호인 관계처럼 놀이 문화를 가지고 어울려 놀기도 하였다. 먹을거리 간식을 지참하여 서로 나눠 먹으면서 대화시간을 갖기도 하였다. 장수 마을의 특색 중 하나이다.

둘째 취미활동을 하면 같은 부류의 사람들과 자연스럽게 어울릴 수 있다. 취미활동에는 여러 연령층이 모이기 때문에 젊은 층을 상대할 수도 있다.

셋째 쇼핑 활동 등을 통해 사람들과 부대낄 수 있다. 쇼핑을 즐기면서 여러 사람의 움직임을 관찰할 수 있다. 때로는 종사하는 직원들과 대화를 나눌 수도 있다.

넷째 행사 참여나 공연 관람 등을 통해 사람들과 부대

낄 수 있다. 공연장에서 조용하게 관람도 하지만 흥분하면 고함도 지르고 크게 웃을 수도 있고, 손뼉도 치고, 몸을 움직이기도 하면서 자연스럽게 관객들과 호흡을 같이할 수 있다. 기분 전환도 되고 스트레스도 풀 수 있다. 마음이 심란하면 일부러 공연을 보면서 풀 수 있는 방법이기도 하다.

다섯째 시장 등 대중이 밀집한 장소를 통해 사람들과 부대낄 수 있다. 시장을 돌다 보면 물건 구경도 하지만 시장 상인의 외침과 손님들과의 거래 흥정도 듣고 볼 수 있다. 어떤 때는 그런 모습을 보고 듣는 재미도 있다. 사람 왕래도 잦다. 사람 사는 모습을 지켜보는 기회이기도 하다. 어떤 이는 일부러 장날이면 구경을 가는 취미를 가진 사람도 있었다.

집에서 TV 등을 보면서 혼자의 시간도 좋지만, 사람과의 접촉시간을 많이 갖는 것도 건강 유지의 한 방편이라 생각한다. 사람은 사회적 동물이라고 하였다. 사람들과 부대끼며 삶의 의미를 찾아보는 것도 정신 건강에 좋다고 생각한다.

■ 성관계 유지

대개의 경우 나이를 먹어 가면서 성욕도 떨어지고 기력도 없어지면서 성생활도 멀어지게 되어있다. 그러나 성관계를 유지하는 것도 건강관리의 한 방편이라고 한다. 서로 안아보고 만져주는 등의 방법으로라도 성의 불씨를 유지하는 것이 좋다고 본다. 성생활에 있어 한계 연령은 없다고 한다. 몸만 건강하다면 언제고 성욕을 느끼리라 본다. 노인의 성을 이상하게 바라보는 시각 자체가 잘못되었다고 생각한다. "늙어서 무슨 연애"라고 폄하하거나 자포자기하지 말고 끝까지 성을 즐겨보자.

■ 노래 부르기

노래 부르기도 건강관리의 한 방법이라고 한다. 평상시 좋아하는 노래 몇 곡을 선정하여 가수 노래에 따라 부르기를 해도 좋고 노래방을 갖춰놓고 노래 부르기를 해도 좋다. 노래를 부르다 보면 복식호흡도 하게 되고 배에 힘도 주게 된다. 또 춤을 추면서 전신을 사용하기도 한다. 기분을 좋게 하면서 스트레스도 해소할 수 있나. 무리하면 목도 아프고 기운이 빠질 수 있다. 적당히 하여야 한다. 나는 목표로 5~10곡 정도 선정하여 노래 부르기 계획을 세워 놨다.

■ 긍정적으로 생각하기

세상을 살아가면서 빼놓을 수 없는 중요한 것이기도 하다. 이제까지 겪어온 삶의 반성이기도 하다.

내 신세를 한탄하며 비관한다든지, 열등의식을 가지고 침체되면 안 된다. 매사를 긍정적이고 밝게 보아야 한다. 오지 않을 일들에 대한 고민과 걱정이 앞선다든지, 과거의 실패를 되씹어 마음을 아프게 하는 경우가 있다. 공연한 걱정은 심리적으로 안 좋다. 세상을 편하게 보고 느긋하게 살 필요가 있다. 그리고 흘러간 과거를 자꾸 들춰내는 것도 자신만 우울하게 만들 뿐이다. 과감하게 잊어야 한다. 미워하는 마음도 없어야 하고 짜증스럽게 굴어도 안 좋다. 다 내 건강에 무리만 줄 뿐이다.

남을 탓하고 흉보고 모략하는 것도 다 자신의 고통으로 돌아오게 되어 있다. 먼저 나를 뒤돌아보고 반성하는 태도가 바람직하다. 흉과 모략도 되돌아 날아오는 화살이 되어 나를 공격할 것이다. 특히나 정치 등에 개입하여 상대를 욕하고 자신의 속을 끓이는 것도 안 좋아 보인다. 자신의 신상에도 당연히 안 좋으리라 본다.

남에 대해 걱정하거나 욕하기 전에 나를 먼저 챙기자.

긍정적이고 밝게 보지 못한다면 주변 사람들에게 회피 대상이 될 수 있다. 그리고 자신의 신상에도 좋은 일이 없을 것이다. 항상 좋은 마음으로 너그럽게 이해하고 배려는 마음으로 살자. 특히나 요즘처럼 선동이나 거짓 정보에 속아 괜히 마음 끓일 필요가 없다. 세상은 냉철하고 객관적으로 보아야 한다. 지금까지 살아온 연륜을 바탕으로 슬기롭게 살아가는 지혜와 현명한 판단이 필요하다.

어둠을 보기보다는 밝음을 보는 게 좋고, 지난날의 슬프고 고통스러운 기억보다 기쁘고 행복했던 순간들을 떠올리며 살아감이 좋지 않을까 생각한다.

■ 새로운 것에 대한 도전정신

정년하고 나니 남는 것은 시간뿐인 것 같다. 이제 나를 뒤돌아보면서 해야 할 거리를 찾아보니 갑자기 많아졌다. 마음이 바쁘기만 하다. 이것도 해보고 싶고 저것도 해보고 싶다. 백수가 과로하게 생겼다.

'이제 나이 먹어 뭘 한다고' 말하지 말고 새로운 것에 도전해 보자. 해볼 것은 너무도 많다. 늦었다고 생각할 때가 가장 빠른 때이다. 늘 새로운 마음을 갖는 것이 중요하다고 본다. 치매 예방효과도 가져올 수 있다고 하니 할 거리를 찾아보자. 그리고 평생 도전정신으로 살아보자.

도전정신도 건강비법의 하나가 될 것이다.

노인이 되어 희망을 잃어가는 것도 건강에 안 좋다고 한다. 장수하는 사람들의 비결이 무언가를 나름 열심히 하면서 살아가는 것이었다. 늙었다고 경로당이나 복지관에서 소일할 것이 아니라 나름의 일거리나 배움의 길이 무엇인지 항상 고민해 보는 것이 좋다고 본다. 항상 움직이면서 활기를 찾아봄이 어떠할지.

■ 혼자 있는 시간 관리하기

노인들의 대부분이 외롭다고들 하소연한다. 그래서 괜

히 사람들과 어울려 잡담이나 하면서 시간을 허비하기 일쑤이다. 또한 옆 사람까지 귀찮게 하는 경우가 있다. '심심하니 나오라.', '어디를 가자.', '같이 있어주라.' 이는 자신만의 시간 소일거리가 없는 경우이다. 어찌 보면 불행한 삶이다.

나의 경우에는 고독할 시간이 없다. 책도 보아야 하고, 악기 연습도 해야 하고, 책도 써야 하고, 서예도 해야 하고, 운동시간도 가져야 하고, 노래 연습도 해야 하는 등 남과 어울리지 않고도 자체적으로 해야 할 일이 시간표처럼 꽉 짜여 있다.

이처럼 혼자 있는 시간을 잘 활용하는 것이 보람된 인생을 만들 수 있다고 본다. 외롭다고 말하기 전에 나의 할 일을 찾아보자. 일거리도 좋고 취미활동도 좋다. 바쁘게 사는 것이 또한 건강관리의 한 방편이 아닌가 생각한다.

■ 외모 가꾸기

늙을수록 외모에 소홀해지기 쉽다. 옷도 대충 입고 씻는 것도 고양이 세수가 끝이다. 멋 내기란 젊은 사람 이야기로 생각한다.

그러나 95세 되신 고모의 장수 비결 중 하나가 얼굴 화장이 아닌가 싶다. 고모는 지금 그 나이에도 화장을 지극정성으로 하신다. 옷도 깔끔하고 단정하게 차리고 돌아다니신다.

얼굴 관리도 마사지 효과가 있다고 한다. 즉 혈액순환에 도움을 준다는 이야기이다. 외모를 가꾸는 것은 마음을 새롭게 하는 효과가 있으므로 생기를 불어넣는 결과를 기대할 수 있다.

값비싼 옷이라기보다는 깨끗하고 단정한 옷이 좋고, 누추한 디자인보다는 세련된 디자인이 좋아 보인다. 목걸이나 모자 등을 곁들인 액세서리 치장도 괜찮다. 외모를 잘 가꾸는 것도 건강관리의 한 비법이라 생각한다.

■ 종교 등 믿음 갖기

노년에는 신앙을 하나쯤 가지면 좋다. 불교, 기독교 등 많은 종교가 있지만 종교가 없는 경우 조상신을 숭배하는 경우가 많다.

믿음을 가지고 생활하는 것도 마음의 안정을 위해 필요한 요소로 작용할 수 있다. 정신 건강 관리에 한 방편이기도 하다. 노인에 있어 종교 생활도 중요한 부분이라고 생각한다.

■ 복식호흡

사람이 막 태어난 갓난아기 시기에는 복식호흡을 한다고 한다. 아기를 관찰해보면 배로 숨을 쉬는 듯이 한다. 그러다가 점점 커가면서 흉부 호흡을 하게 된다.

호흡은 우리 몸에 필수적이다. 호흡을 못하는 경우 수분 내에 사망에 이를 수 있다. 호흡은 생명 유지에 필수 요소일 뿐만 아니라 잘해야 건강을 유지할 수 있다.

밀폐된 곳이나 유해 성분이 있는 공간 등에 머무는 경우에도 건강을 잃을 수 있다.

복식호흡이란 배로 숨을 쉬는 것처럼 폐 깊숙이 호흡하는 것이다. 복식호흡 단련을 위해 단전호흡, 기수련호흡 등을 통해 수련하기도 한다. 이 밖에도 부는 악기, 수영, 노래, 헬스, 요가 등에서 쓰이기도 한다.

공기 맑은 곳을 찾아 심호흡을 일정 시간 해보는 것도 건강에 좋다.

복식호흡 방법은 선 자세로 팔을 벌려 하기도 하고, 앉아서 또는 누워서 하기도 한다.

호흡만 잘해도 각종 질병 예방과 치료에 도움이 된다고 한다.

■ 스트레스 관리

노년에 스트레스는 질병을 부르게 된다. 따라서 스트레스 환경에서 벗어나야만 한다. 황혼 이혼이 많아지는 이유이기도 하다. 젊었을 때는 먹고 살기 위해서 그리고 자식 키우기 위해서 참고 살았다. 그러나 노년에는 그럴 필요가 없어진 것이다. 친구가 문제면 헤어져야 한다. 환경 조건에 문제가 있으면 과감하게 개선해야 한다. 만약 개선이 불가능할 경우에는 회피나 포기가 있다. 그곳을 벗어나야 한다. 스트레스 해소법에는 여러 가지가 있다. 자기에 맞는 해소법을 평상시에 생각해 놓아야 한다.

스트레스 관리도 노년의 건강관리에 꼭 필요하다.

■ 약초 연구

어느 장수 프로그램에서 102세 할아버지가 동의보감을 끼고 살면서 건강관리 하는 것을 보았다.

나도 한때 약초를 연구한다고 유튜브며 자료를 토대로 공부하였다. 그리고 시중 한약 건재상에서 사거나 장날 보이는 약재는 무조건 샀다. 또 들에서 나는 풀을 말렸다. 이런 약재를 내 방과 다른 방에 보관해 놓으니 두 개의 방이 약초로 가득 찼다.

그런데 쓰임새가 없었다. 한방 의료원도 아니고 함부로 달여 먹을 수가 없었다. 이렇게 3년을 지내다 보니 모아놓은 약제에 곰팡이가 생기고 일부는 아예 썩어서 악취를 풍겼다. 결국에는 아까운 약제를 버렸다. 처음부터 너무 욕심을 낸 것이다. 이 약제를 이용할 지식도 없으면서 욕심만 앞선 것이다. 이런 경험을 바탕으로 꼭 필요한 것만 챙겨야겠다는 생각이 들었다.

우리는 한의사나 전문가가 아니기 때문에 약초 다루는 것에 조심하여야 한다. 약제를 함부로 달여 먹으면 오히려 해를 볼 수도 있다.

한의사나 전문가와 상담하여 이런 약초들을 활용한다면 건강관리에 도움이 되지 않을까 생각한다.

약초 공부를 하다 보니 들에서 자라는 풀과 나무들이 거의 약초였다.

기회가 된다면 약초 연구를 통해 건강 관리법을 찾는 것도 좋다고 생각한다.

■ 풍욕

풍욕은 피부호흡으로 산소 공급을 함으로써 우리 몸의 면역력을 향상하는 건강법이다. 각종 질병의 자연 치료 요법으로 활용되고 있다.

풍욕 방법은 집에서 창문을 열어 놓고 하면 된다. 추울 때는 감기 등에 조심하여야 한다. 식후 30분 이상 경과 후 실시해야 한다. 목욕을 한 경우에는 1시간 경과 후 실시해야 한다.

준비할 물품은 담요이다. 겨울에는 두꺼운 담요가 좋고 여름에는 얇은 담요가 좋다.

주의할 사항은 그냥 바람만 계속 쐬게 되면 모공이 수

축하므로 피부의 호흡작용이 일어나지 않게 된다. 담요를 덮었다 벗었다 반복하여 모공이 열린 상태를 유지하는 것이 중요하다. 풍욕은 앉아있는 자세가 좋다.

담요는 머리까지 감싸고 있다가 벗어야 한다.

회수는 아침이나 저녁에 한번 할 수 있고, 아침과 저녁 두 차례 할 수도 있다.

〈풍욕 시간표〉

(단위 : 초)

회/시간	담요 벗기	담요 덮기	비고
1	20초	60초	
2	30초	60초	
3	40초	60초	
4	50초	60초	
5	60초	90초	
6	70초	90초	
7	80초	90초	
8	90초	120초	
9	100초	120초	
10	110초	120초	
11	120초	120초	
계 11회	770	990	1,760(30분 정도)

※ TV에 방영된 내용이다.

풍욕의 단위시간을 정확히 맞출 수 없는 경우 입으로 숫자를 느긋하게 세는 방법을 쓰면 좋을 것 같다. 소요 시간은 30분 정도이다.

시간 여유가 있다면 여러 번 반복해도 좋다. 계속하면 무리하게 되므로 중간마다 1시간 정도 쉬는 시간을 가져야 한다.

풍욕 시간은 자신이 조정하여 실시할 수 있다. 단, 벗기와 덮기는 3분 이내로 하는 게 좋다고 생각한다.

■ 산림욕

병 치료나 건강을 위하여 숲에서 산책하거나 온몸을 드러내고 숲 기운을 쐬는 일이다. 삼림이 방출하는 피톤치드의 살균 효과와 녹색으로 인한 정신적 해방 효과 따위가 있다.

건강을 위해 산림욕을 즐기는 것도 좋은 방법이라 생각한다. 산림욕 장소는 인터넷을 검색해 보면 찾을 수 있다. 전국적으로 많이 조성되어 있다.

■ 족욕

족욕이란 발을 뜨듯한 물로 덥혀주어 혈액순환을 돕고 체온을 높여 줌으로써 긴장 완화 효과를 가져올 수 있다. 자기 전에 족욕을 하면 몸이 따뜻해져서 잠도 잘 온다고 한다. 땀을 분비하는 기능도 있어, 체내 노폐물 배출 효과도 있다.

물의 온도는 38~40도 정도가 적당하고 너무 뜨거우면 화상을 입을 수 있다.

발목까지 잠길 정도로 물을 받아놓고 10~30분 정도 발을 담그고 있으면 된다. 30분 이상은 무리이다.

물에 다양한 재료를 첨가할 수 있다. 허브, 아로마 등을 넣어주면 향기와 해당 첨가물의 효과가 있다.

그릇에 물을 받아서 하는 경우 빨리 식기 때문에 불편해하는 경우가 많다. 일정한 물의 온도를 유지해 주는 족욕기를 구입하여 사용할 수 있다.

족욕도 건강관리의 한 방법이다.

■ 반신욕

반신욕은 일본의 신도 요시하루가 창시한 건강목욕법이다. 명치 아래까지만 물에 담그는 목욕법이다.

땀이 많이 나기 때문에 수분 섭취가 필요하다. 15분에서 20분 정도가 적당하다고 본다.

남자들은 따뜻한 온도의 물에 지속적으로 고환이 노출될 경우 정자가 손상을 입을 수 있기 때문에 자주 하는 것을 권하지 않는다고 한다.

따뜻한 물로 하는 목욕 효과가 있다. 반신욕 전용기기도 있다.

■ 춤추기

춤은 근력과 순간 판단력을 쓰기 때문에 운동 기능과 뇌 기능의 활성화 효과를 기대할 수 있다. 춤의 특성상 사교와 맞물리기 때문에 정신 건강에 좋을 수 있다. 사회활동이 강화되고 우울증 예방 등의 효과도 기대된다. 혈액순환을 돕고 인지능력 훈련에도 좋다. 따라서 치매 예방 효과도 기대할 수 있다. 즐거움에 몰입하여 추기 때문에 신체와 정신 건강을 동시에 얻을 수 있다.

춤의 종류에는 에어로빅, 사교춤, 디스코, 고전무용 등 다양하게 많이 있다.

춤은 노년을 행복하고 건강하게 보낼 수 있는 방법 중의 하나이다.

춤을 배워서 잘 추는 것도 노년에 든든한 보험을 들어 놓은 효과와 같다고들 말하기도 한다. 사교춤을 꾸준히 즐기는 것도 장수 비결이라고 한다.

복지관 등에 가면 시니어 사교춤 교실을 흔하게 볼 수 있다. 부담 없이 배울 수 있으리라고 본다.

■ 모든 약은 독이 있다

노년기에 접어들면 몸 여기저기가 안 좋아지면서 많은 약을 복용하게 된다. 복용하는 약은 고질병으로 인한 처방약, 감기약, 소화제, 병원 진료 처방약, 영양제, 건강식품 등 다양하게 많이 있다.

약은 우리의 질병을 치료해 주기도 하지만 반면에 다른 면에서는 위해를 줄 수도 있다고 한다.

약을 복용할 때는 의사나 약사와 잘 상담하여 몸에 무리가 없도록 복용하여야 한다.

결론적으로 약은 되도록 안 먹는 게 최선책이라고 본다. 약에 의지하려고 하기 보다는 좋은 음식의 섭취와 운동으로 면역력을 길러 내 몸을 지켜내는 것이 가장 좋다고 본다.

약을 맹신하여 과다하게 복용한다면 오히려 건강을 해칠 수도 있음을 생각하여야 한다.

■ 정리 정돈하는 습관

나이가 들어가면서 치우는 것을 귀찮게 생각할 수 있다. 이런 일이 습관화되면 모든 게 어수선하여 보는 이마다 정신 사납다는 생각이 든다.

정리 정돈이 되어 있지 않으면 더욱더 게을러지면서 건강에도 영향을 줄 수 있다. 특히나 노년이 되어가면서 주변의 중고 물품을 주어다 모아 둔다면 문제가 있는 정신 상태라고 한다. 나이 먹어 가면서는 오히려 오래된 물건이나 필요 없는 물건은 버려야 할 시기이다.

95세 고모는 잠시도 손을 놓지 않는다. 항상 정리 정돈에 온 힘을 기울인다. 쓸고 닦고 물품을 정리하여 무엇 하나 흐트러진 게 없다.

그래서 정리 정돈 잘하는 습관도 장수의 비결이 아닌가 생각한다.

■ 몸을 아끼지 마라

나이 들어 몸을 아끼면 병을 부른다고 한다. 집안 청소도 해보고, 물건도 여기저기로 옮겨 정리도 해보고, 걸레를 들고 먼지를 닦아내면서 몸을 자꾸 움직여야 한다. 건물에 계단이 있는 경우에는 엘리베이터elevator를 피하고 걸어서 올라가는 습관을 들이는 게 좋다.

걸어서 20~30분 정도의 거리는 차량 이용 보다 도보로 가는 게 좋다. 우리가 게으른 사람을 보고 습관처럼 하는 말이 있다. '죽으면 썩을 몸을 왜 그리 아끼느냐'고 말이다.

요즘은 편리만을 추구하는 세상이다. 어딜 가나 편의 시설이 잘 갖추어져 있다. 여유가 있는 사람은 로봇을 이용해 갖가지 심부름을 시키고 불편한 일을 처리한다. 과연 이런 것들이 좋은 것인지 생각해 볼 일이다.

나이 들수록 몸을 아끼지 말고 자꾸 움직이려고 노력하자. 나 자신의 건강을 위해서이다.

■ 흙을 만지고 살아라

흙은 우리 인간과 뗄 수 없는 관계이다. 흙이 없다면 인간은 소멸하고 말 것이다. 인체를 구성하는 화학물질이 흙의 구성 성분과 비슷하다고 한다.

고대 그리스의 철학자이자 과학자인 아리스토텔레스 Aristoteles는 4원소설을 주장하였다. 4원소설에 의하면 만물은 물, 불, 흙, 공기로 이루어지며, 이 네 가지 기본 성분이 서로 조합되어 세상의 다양한 물질이 만들어진다는 것이다. 흙에는 여러 가지 성분과 미생물 그리고 알 수 없는 조화로 모든 생물들을 생존하게 한다. 흙집에서 살면 건강에 좋다고 황토방을 만들어 생활하기도 한다. 얼마 전까지만 해도 돌과 흙만으로 온돌방을 만들어 생활하였다. 이게 건강에 더 좋다고 한다. 따라서 흙을 만지고 사는 것도 건강에 도움을 줄 것으로 생각한다.

흙은 만지고 사는 방법에는 몇 가지가 있다.

첫째 농사를 짓고 사는 방법이다.

둘째 조그마한 텃밭을 가꾸는 방법이다.

셋째 집에 화분을 놓고 가꾸는 방법이다.

넷째 황톳길 같은 흙길을 걸어보는 방법이다.

다섯째 갯벌 체험 등을 통해 갯벌 흙을 만지고 몸에 발라볼 수 있다.

여섯째 흙공예 등을 통해 흙을 만져보는 방법이 있다.

그 밖에도 흙을 가까이할 방법은 많이 있다고 본다.

몸에 나쁜 정전기를 없애는 방법으로 흙을 말하기도 한다.

■ 수영

수영은 몸에 수분 보충 효과가 있다. 수분이 몸에 정상적으로 유지될 때 건강을 가져온다고 한다.

수영은 허리와 관절에 개선 효과, 질병 예방, 스트레스 해소, 심장 건강, 전신운동, 유산소 운동 등의 효과를 볼 수 있다고 한다.

수영도 장수 운동의 하나이다. 수영을 꾸준히 할 수 있는 것도 건강생활에 도움을 주리라고 본다.

■ 봉사활동

봉사활동은 복을 짓는 행위라고 한다. 봉사활동을 통해 삶의 보람도 얻지만, 자신의 질병이 치료되는 효과도 가질 수 있다고 한다.

봉사활동 분야는 많다. 봉사 단체에 찾아가 활동하다 보면 많은 경험을 쌓을 수 있다. 봉사활동도 건강 유지 방법의 하나라고 하니 봉사 단체에 가입해 보는 것은 어떨지 생각해 보자.

■ 맨발 걷기

요사이 맨발 걷기가 인기이다. 지자체에서도 맨발 걷기 장소를 잘 꾸며 놓은 데가 많이 있다.

맨발 걷기의 효과에는 말초신경이 모여 있는 발바닥을 자극하면 혈액순환이 원활해지고 면역기능 강화 등의 효과가 있다.

몸에 정전기 해소를 통해 질병을 치료할 수 있다고 한다. 또한 발바닥을 노출하여 사용함으로써 발가락 건강 등 기능 퇴화 방지 효과가 있다고 한다.

맨발 걷기에는 일반 비포장도로, 조성된 황톳길, 바닷가 모래사장, 매끄러운 자갈길 등 많이 있다.

걷기에 있어 주의할 사항은 파상풍균 감염, 뱀 등 독충에 주의하여야 한다. 돌부리나 쇳조각 또는 유리 조각에 다칠 수도 있으니 조심하여야 한다.

■ 분노 조절

나이가 들면 의외로 신경이 예민해진다. 그러다 보면 사소한 일에도 화를 내고 가슴 아파한다. 사실적으로 노인이라고 공손한 접대를 받은 시대는 옛말이다. 오히려 늙었다는 이유로 무시당하거나 천대받기 쉽다.

영화의 한 장면에서처럼 화를 내다가 뇌졸중이나 심장 이상으로 쓰러지는 것을 이따금 보았을 것이다. 분노가 얼마나 치명적인가를 보여주는 모습이다.

분노를 폭발하고 나면 시원할 것 같지만 바로 후회하게 된다. 분노는 바보 같은 짓이요 잠깐의 미친 짓이다. 분노로 인해 일을 방해받고 소통이 단절되며 관계가 막혀버린다. 결론적으로 자신에게 폭력을 가한 것과 같이 신체적 고통과 정신적 혼란을 가져오게 되어 있다. 젊은 사람의 눈에는 추하게까지 보일 것이다. 분노는 자신의 건강을 해칠 수 있다.

분노 해소 방법을 다음과 같이 제시해 본다.

첫째 폭발 전 3초간 멈춘다.

둘째 깊게 숨을 들이마신다.

셋째 순간 생각을 정리해 본다.

넷째 상황을 긍정적으로 바꾼다.

다섯째 상대와의 대화를 통해 자신의 감정을 표현한다. 때로는 그 자리를 떠나는 방법도 있다.

여섯째 걷기운동, 명상, 음악 듣기, 맛있는 것 먹기, 좋은 친구 만나기 또는 전화 통화하기 등을 통해 긴장을 풀어주어야 한다.

일곱째 혼자서 해결하기 어려운 문제는 전문가와 상담한다.

■ 자연 친화적 삶

현대는 너무 오염된 환경 속에서 살고 있다. 갈수록 청정 지역을 주변에서 찾기가 힘들어진다. 차라도 타고 외곽으로 빠져야 시골스러운 자연을 느낄 수 있다. 『나는 자연인이다』라고 방영된 TV 프로그램처럼 깊은 산속으로 들어가야 자연 친화적으로 살 수 있을 것 같다.

자연 친화적인 삶도 건강과 직결되기 때문에 관심 두어야 할 분야이다.

너무 거대하고 광범위한 내용을 말할 수는 없고 실천할 수 있는 몇 가지에 대해 알아보자.

첫째 걷기가 있다. 도심 속 포장도로가 아닌 산이나 들이 있는 비포장도로가 좋다. 조성된 숲에서 산림욕을 겸하여 걷기가 인기이다.

둘째 일회용품을 자제하여야 한다. 생활에 편리성만을 따져 너무 일회용품에 의존하는 삶을 살고 있다. 가장 많이 사용하는 게 종이컵이다. 종이컵보다는 유리컵이나 도자기 컵의 사용이 좋다고 본다. 각종 그릇도 마찬가지이다.

셋째 텃밭 등을 활용한 각종 농산물 재배이다. 농약사용을 자제한 농법을 사용하여야 좋다. 하우스를 활용한 상추, 배추, 고추 등을 직접 재배하여 먹는 방법이 있다.

넷째 집을 짓는다든지 집에 가구를 살 때도 목재로 하면 건강에 좋다고 한다. 옛날식의 황토방이나 온돌방도 지금 인기이다.

다섯째 의류도 정전기가 발생하는 옷보다 면으로 된 옷이 좋다고 본다.

그 밖에도 자연 친화적인 삶에 방법은 여러 가지가 있다. 연구하고 발굴하여 자연 친화적인 삶을 살 수 있도록 노력해 보자.

자연 친화적인 삶도 건강요법과 직접적인 관련이 된다.

■ 감사하는 삶

내가 이제 와서 느낀 것은 감사한 마음으로 살아야 한다는 것이다. 감사할 것은 너무도 많다. 살아 숨 쉬는 자체가 감사할 일이다.

감사하는 자세로 임하면 우선 욕심이 적어진다. 그리고 큰 만족보다 작은 만족에서 행복을 찾을 수 있다.

나이 들수록 감사하는 마음으로 살아보자. 누구에게나 칭송받을 것이다.

무엇보다 건강에도 좋은 효과를 볼 수 있다.

■ 내 몸에 시련 주기

누구나 나이 들면 다 넘겨주고 편하게 살고 싶어 한다. 어지간하면 의지하고 싶고 육체적으로나 정신적으로 편안함만을 추구한다. 그러나 나이 먹어서 편함을 추구하면 병을 얻기가 쉽다. 젊어서 죽어라 고생하여 돈 좀 모아 편하게 살려고 하니 병이 든다는 말이 있다. 긴장을 놓으면 심리적으로 해이해지면서 육체적으로 면역력이 떨어져 병이 찾아든다고 한다.

적당한 스트레스의 유지가 건강 요법이란 것이다. 일부러 규칙적으로 일을 해야 하고, 싫은 운동도 일부러 해야 한다. 긴장감을 조성하는 한 가지 방법으로는 늘 새롭게 배우려 노력하여야 한다.

몸을 아껴 적당히 운동할 게 아니라 때로는 힘이 들더라도 정해진 운동량을 채울 필요가 있다.

어떤 이는 90대의 나이에 냉수마찰을 하는 사람도 있다. 자기 몸에 시련을 주는 사례이기도 하다. 누구나 따뜻한 물에 적당히 씻고 넘어가려고 한다.

일부러 걸어야 하고, 일부러 움직여서 정리 정돈과 청소를 하는 습관을 들여야 한다. 편하게 주저앉아 TV나 보면서 시간을 소일한다면 진짜 노인이 되어 거동이 점점 불편해질 것이다. "나이 먹어서 뭘 하겠어"라는 푸념을 털어버리고 지금이라도 해야 할 것이 무엇일까 찾아보자. 내 몸에 자극을 주고 시련을 줄 수 있는 방법도 찾아보자. 되도록 움직일 수 있는 일거리를 찾아보는 것이 장수의 비결이 아닐까 생각한다.

■ 건강검진 등의 맹신

나이 들어 병원을 가까이해야 한다는 의견과 병원에 되도록 가지 말아야 한다는 의견이 있다.

고령이 되어갈수록 수술 등의 심각한 치료는 고민해 보

아야 한다. 80세 이후에는 질병 완치가 힘들어진다는 의견도 있다.

각종 검사 수치의 기준에서도 의견이 분분하다.

건강검진을 받고 암이 발견되어 수술 후 얼마 안 있어 사망에 이르는 경우를 많이 본다. 80세가 넘으신 작은아버지도 장암이 발견되어 수술을 했다. 수술은 잘 되었다고 했는데 회복하지 못하고 2달 후 돌아가셨다.

때로는 병원의 판단보다도 자신이나 보호자가 신중하게 대처해야 할 때가 있다. 건강검진에 의지하거나 병원을 맹신하기보다는 예방 차원의 건강관리가 더 중요하다고 본다.

■ 화병 관리

젊어서 화나면 술 한 잔 마시고 이겨내기도 하고, 시간이 지나면 저절로 잊히기도 한다.

그러나 나이 먹어서 과도한 스트레스나 충격적인 일로 인해 화병으로 사망이 이르는 경우가 종종 있다.

사례를 살펴보면

첫째 사기 등으로 많은 재산을 잃어버린 경우이다.

둘째 믿었던 사람으로부터 크게 배신을 당한 경우이다.

셋째 충격적인 사고나 일이 발생한 경우이다.

넷째 억울한 누명이나 충격적인 모함을 받은 경우이다.

다섯째 가족이나 지인 등과 크게 싸우는 경우이다.

여섯째 소송으로 과도하게 시달리는 경우이다.

일곱째 강한 협박 등을 지속적으로 당하는 경우이다.

여덟째 폭행이나 학대를 지속적으로 받는 경우이다.

그 밖에도 여러 사례가 있다. 화병 관리는 스트레스 관리와 비슷하다. 화병은 일단 몸이 상하기 때문에 치명적이다. 마음에 불같은 응어리를 풀려면 다음 몇 가지가 필요하다.

첫째 집착과 욕심을 버려야 한다.

둘째 매사를 긍정적으로 받아들인다.

셋째 도움을 요청한다.

넷째 마음에 담아 두기보다는 누구와 대화를 통해 해소 방법을 찾는다.

다섯째 심한 경우 병원을 찾거나 전문가와 상담한다.

여섯째 운동이나 기분전환 방법을 찾아 마음을 푼다.

일곱째 술을 한잔 먹고 맘껏 울어보는 방법도 있다.

여덟째 등산 등을 하면서 생각을 정리해 보는 방법이 있다.

■ 보약

노년이 되어 가면 몸에 좋다는 보약을 많이 권한다. 시중에서 판매되는 보약은 무수히 많다. 다만 그 효능의 검증이 어렵다.

무턱대고 보약이라고 섭취하게 되면 효능도 느끼지 못할뿐더러 오히려 부작용을 호소하는 경우도 있다.

옛날 말에 "밥 잘 먹고 배출만 잘하면 건강해진다"라고 했다. "밥이 보약이다"란 말도 있다.

보약이나 기능성 건강식품은 신중하게 고려하여 먹어야 한다고 본다.

옛 임금들이 보약을 많이 먹고 오히려 단명했다는 이야기도 있다.

보약을 찾기보다는 몸에 좋다는 음식을 잘 섭취하는 게

보약이 아닐까 생각한다. 참고로 몸이 건강할 때 보약이 좋다. 질병이 있는 경우에는 오히려 해를 받을 수도 있다. 질병 먼저 고치고 나서 보약을 찾아야 할 것이다.

■ 줄넘기 운동

줄넘기는 돈 안들이고 할 수 있는 간단한 운동이다. 하루 100개씩이라도 꾸준히 해본다면 건강에 많은 도움이 되리라고 본다.

줄넘기 운동은 일정 시간이 없이 틈나는 대로 할 수 있는 운동이기도 하다.

줄넘기는 전신 운동이면서 달리기 운동 효과를 기대할 수 있다고 본다.

■ 치아 건강 챙기기

나는 치아 건강이 중요하다는 것을 최근에야 알았다. 충치로 여러 개의 치아를 치료하고 나서이다. 치아 관리도 장수 비결 중의 하나이다. 평상시 이를 잘 닦고 치과 정기 진료를 통해 치아 관리에 신경을 써야 한다.

치아는 우리의 건강관리와 직접적으로 관련이 된다. 치아의 중요성을 살펴보면 다음과 같다.

첫째 건강한 치아는 뇌 기능을 활성화한다. 씹어 먹는 과정에서 뇌 신경을 자극하기 때문에 뇌 건강과도 관련된다고 한다.

둘째 치아는 소화 기능을 돕는다. 음식을 침과 함께 잘 씹으면서 위로 내려보내면 위의 소화 작용을 돕는다.

셋째 치아는 음식을 삼킬 수 있게 하는 기능이 있다. 통째로 먹을 수 없는 음식을 씹어서 삼키게 하는 역할을 한다.

넷째 치아는 음식 맛을 느끼게 돕는다. 음식을 씹으면서 혀가 고유의 맛을 만끽할 수 있게 한다. 의치의 경우에는 맛의 느낌을 경감할 수 있다.

다섯째 치아가 건강하지 못하면 미관상 안 좋다. 빠져 있는 치아를 보면 보기 싫다.

여섯째 치아가 건강하지 못하면 음식 섭취에 불편을 느낀다. 치아가 없으면 음식을 잘게 썰어서 먹거나 갈아먹어야 하는 불편을 가져올 수 있다.

일곱째 치아가 건강하지 못하면 부는 악기 연주에 지장

을 초래한다.

여덟째 이로 아삭아삭 씹는 즐거움이 있다.

■ 허리 건강

노년에 들어 허리로 고생하는 사람이 많다. 허리가 아픈 것도 사람 성가시게 고통을 주는 병이다. 대개의 경우 한방치료를 많이 하고 때로는 수술도 한다. 요사이는 각종 허리시술을 많이 한다.

허리 건강을 위해서는 허리에 무리가 가는 행위를 자제하여야 한다. 특히나 나이 먹어 가면서는 더욱 그렇다.

시골에서 일하는 대부분의 사람들이 허리로 고생을 많이 한다. 밭일을 하다 보면 제일 안 좋은 쪼그려 앉은 자세로 일하기 때문에 노년에는 허리를 못 펴고 다니는 경우가 허다하다.

직장에서 너무 오래 앉아 일하는 경우에도 허리에 무리가 가서 고생하는 사람도 있다. 직장에서 물건 등을 들고 나르는 직업이나 서서 일하는 등의 경우에 허리 질환이 오기도 한다.

노년에는 이러한 결과로 고질병처럼 괴롭히는 것은 허리 건강이다.

허리 건강을 지키는 것에 대해 알아보면 다음과 같다.

첫째 일과가 끝나면 반드시 허리 운동을 해서 풀어주어야 한다. 허리 운동에는 여러 가지가 있다. 요가에서 응용하는 여러 자세가 있다. 인터넷을 검색해서 찾아보면 된다. 남이 해서 좋았다는 말은 믿지 말고 나에게 맞는 운동인지를 잘 살펴야 한다.

둘째 허리에 무리가 가는 행동을 삼간다. 허리를 쓸 때는 자세에 신중을 기해야 한다. 급작스러운 동작으로 허리에 충격이 가서 고생하는 일도 있다. 허리 쓰는 직업이라면 중간중간 허리를 풀어주면서 해야 무리가 없다.

셋째 평소에 허리 근육을 강화하는 운동을 많이 해 둔다. 걷기도 기본적인 허리 근육 강화 운동이다. 헬스장을 다니면서 허리 강화 운동을 할 수도 있다. 수영도 허리 운동에 좋다.

넷째 허리는 수술 우선 보다 자체적인 치유 방안을 생각해야 한다. 대개의 경우 시간이 가면서 자연스럽게 치유되는 것을 경험한다.

다섯째 앉는 자세나 걸어가는 자세에 신경을 쓴다. 항상 허리 자세를 똑바로 취하도록 노력해야 한다.

여섯째 너무 푹신한 침대보다 돌침대같이 편평한 데서 허리를 펴면 좋다.

일곱째 병원에 의지하는 것보다 자체 치료 방법을 강구해 본다.

■ 소금 활용 건강법

면역력의 3대 요소로 물, 단백질, 소금을 들고 있다. 그러나 일반적으로 염분 섭취를 절제하라는 말을 자주 한다. 이는 소금의 중요성을 모르고 하는 말 같다. 소금의 효능으로는 멸균 효과, 항균 효과, 세포 기능 유지, 체액의 농도 안정, 해독 효과, 심혈관 보호 효과, 노화 방지 등을 들 수 있다. 그 밖에도 우리 몸을 유지하게 하는 데 있어 많은 기능을 한다.

소금은 예로부터 음식에 사용은 물론이요, 양치질에도 사용하고 부패 방지를 위한 것으로도 사용하였다. 인간이 소금 없이는 생존이 어렵게 되어 있다.

소금의 사용 용도에 따라 먹는 소금, 조리용 소금, 절이는 소금, 목욕용 소금, 피부미용용 소금 등 다양하게 많다.

소금을 건강과 결부하여 사용할 수 있는 것이 무엇일까 생각하면서 아래와 같이 알아보았다.

첫째 양치질이다. 지금은 좋은 치약이 많이 나온다. 입에는 많은 세균이 살고 있다고 한다. 이런 세균 퇴치 상품으로 이를 닦고 입을 헹구는 각종 제품도 많이 나와 있다. 소주가 좋다고 해서 사용하기도 해봤다. 효과를 떠나서 역겹고 비유에 맞지를 않았다. 그래서 나는 매일 아침 일어나자마자 제일 먼저 소금 양치질을 시작했다. 소금 양치질의 방법은 일반 칫솔에 소금을 여러 번에 걸쳐 발라 닦는다. 닦고 나서 소금을 뱉지 말고 약간의 물을 머금고 1분 이상 가글gargle을 한다. 이때 혀가 짠맛에 절여진 듯이 고통을 느낀다. 이러면서 입안 세균 청소를 하리라고 생각된다. 소금물을 뱉고 나서 깨끗한 물로 헹구면 개운하다. 소금 양치질을 하면 구취를 제거할 수 있다고 한다. 이때 소금은 천연 소금이나 시중 마트에서 양치질하기에 좋은 소금이 많이 시판되고 있다. 굵은 소금은 잇몸을 다치게 하므로 가는소금이 좋다.

둘째 소금물로 몸 씻기이다. 소금을 물에 녹여 눈과 콧속 등을 청소해 내는 것이다.

셋째 먹는 소금이다. 식용 소금으로는 함초소금 등 많은 제품이 시판되고 있다.

넷째 피부 미용 소금이다. 소금을 피부미용으로 바로 쓸 수 있게 시중에 판매되고 있다.

이처럼 소금을 이용해서 우리 노년의 건강을 지킴이 어떨까 생각해 본다.

■ 몸 두들겨 자극 주기 건강법

몸을 두들기면 혈액순환에 도움을 주고 신경을 살리기에도 좋다. 몸에 자극을 주는 방법을 보면 다음과 같다.

첫째 손뼉치기이다. 가장 손쉽게 하는 방법이다.

둘째 몸 두들기기이다. 손바닥을 이용해 몸 여기저기를 때리는 방법도 있고, 기구를 사용해서 두들기는 방법이 있다.

셋째 유도 낙법으로 몸에 자극을 주는 방법이 있다. 낙법으로 바닥에 떨어지면 닿은 피부에도 자극을 주지만 몸속 내장에도 많은 충격을 준다. 두꺼운 매트가 준비되어 있어야 한다.

넷째 산에서 많이 하는 것으로 신체 일정 부위를 나무에 부딪쳐서 자극을 받는 방법이다. 나도 이 방법을 활용하고 있다.

다섯째 손가락 끝을 이용해 약간 아플 정도로 머리 이곳저곳을 두들기는 방법이다. 두피가 자극되어 머리도 맑아지고 기억력이 좋아지는 효과가 있다.

여섯째 안마기 등을 사용하는 방법이 있다.

■ 기생충 약 복용하기

60년대만 하더라도 기생충 감염이 심해 전 국민에게 기생충 약을 복용하도록 하였다. 그 결과인지 기생충에 대한 공포가 없어지고 말았다.

지금은 많은 식자재가 수입되어 들어오기 때문에 기생충에 대해 관심을 두어야 한다고 본다. 특히나 생고기나 어류의 회 등을 섭취함으로써 기생충에 간염 될 우려가 크다.

기생충에 감염되면 신경계 손상, 급성폐렴, 간염, 각종 암 등 갖가지 질병을 일으킬 수 있으며, 심하면 뇌 등을 공격하여 사망에 이르기도 한다.

기생충의 종류에는 사상충, 메디나충, 선모충, 요충, 장모세선충, 편충, 회충, 개회충, 고래회충, 구충 등 그 밖에도 수없이 많다.

기생충에 간염 되어도 거의 증상이 없고 항문 부위 가려움, 복통, 기침, 구역질 등으로만 나타나서 그냥 넘어가기 십상이다. 기생충으로 인한 것이 아니라 다른 병원균 간염으로 인한 것으로 오인하기 쉽다.

문제는 각 개인들이 기생충에 대해 전혀 관심이 없다는 것이다. 자신은 안전하다고 생각하기 때문이다. 또한 더 큰 문제는 전문 병원이 없다. 기생충에 간염 되어도 제대로 된 검사를 받을 수 없다는 사실이다. 일반 병원에서는 기생충 검사 등의 적극적인 진료를 해주지도 않고 시중 약만 처방해준다. 국가적으로도 기생충에 대해 너무 무관심하다는 생각이 든다. 이 책을 빌려 제언하고 싶다. 기생충 관련 전문 지정 병원을 지역마다 두어서 국민 건강에 관심을 두었으면 한다. 이에 따른 지정 병원 홍보도 절실하게 필요하다.

참고로 시중 약국에서 판매되는 기생충 약이 완전하지는 못하다는 사실이다. 약 포장 표면의 광고문구로 1회 복용으로 기생충을 해결해 줄 것 같은 느낌을 주게 한다. 시중 기생충 약으로는 모든 기생충을 박멸하지는 못한다. 다양한 상품을 시판해야 한다고 본다. 건강에 지장이 없다면 각종 기생충에 맞는 약을 다양하게 갖추어 약국에서 시판하게 했으면 한다. 기생충에 의심되는 증상이 있다면 언제든 약국에서 구입해 복용할 수 있게 해주어야 한다고 본다.

지금 시판되는 기생충 약은 몇 가지 기생충에 한정되어 있다.

기생충 약에 관한 연구가 더 많이 이루어져서 국민 건강을 지켜주었으면 하는 바람이다. 보다 광범위한 기생충 구제를 해주었으면 한다.

깊이 생각해 보면 기생충 그냥 소홀히 취급할 문제가 아니라고 생각한다. 미국에서는 특이한 기생충을 수술로 제거했다는 기사도 보았다.

기생충 간염을 예방하려면 다음 몇 가지를 지켜야 한다.

첫째 식자재는 뜨거운 물에 데치거나 익혀 조리하기

둘째 생고기나 날고기 취식은 자제하기

셋째 계곡에서 나는 생수 등을 함부로 마시지 말고 반드시 끓여 먹기

넷째 기생충 약을 연 2회 정기적으로 복용 권장

2009년에 세계보건기구WHO는 장내 기생충 중 식품 매개 기생충인 간흡충을 담관암, 담도암을 유발하는 발암 물질로 지정한 바 있다.

■ 상극 음식

우리가 음식을 맛있게 먹고 나서 왠지 속이 쓰리거나 거북한 감을 느낄 때가 있었을 것으로 본다. 이게 비단 음식의 불량만이 아니라 상극인 음식을 함께 섭취해도 이런 증상이 나타날 수 있다는 것이다. 상극인 음식을 알아두는 것도 우리 건강을 지킬 수 있다는 생각에서 다루었다.

◇ 장어와 복숭아

◇ 토마토와 설탕

◇ 꿀과 홍차

◇ 햄버거와 콜라

◇ 쇠고기와 부추

◇ 바지락과 우엉

◇ 땅콩과 맥주

◇ 당근과 오이

◇ 시금치와 두부

◇ 문어와 고사리

◇ 미역과 파

◇ 팥죽과 설탕

◇ 우유와 설탕

◇ 치즈와 콩

◇ 자두와 조류 요리(닭, 오리 등)

◇ 꿀과 두부

◇ 달걀과 사카린

◇ 굴과 꽃게

◇ 담배와 커피

◇ 바닷물고기와 호박

◇ 게장과 꿀

◇ 근대(명아줏과에 속한 두해살이풀)와 시금치

◇ 감과 도토리묵

◇ 감과 게

◇ 우유와 초콜릿chocolate

◇ 시금치와 멸치

◇ 조개류와 옥수수

◇ 콜라와 라면

◇ 짐승의 간과 수정과

◇ 순대 선짓국과 홍차

◇ 로열젤리royal jelly와 매실

◇ 도라지와 돼지고기

◇ 김과 기름

◇ 무와 오이

◇ 토마토와 오이

◇ 파인애플과 우유, 치즈, 버터 등 유제품

◇ 홍차와 우유

◇ 목이버섯과 무

◇ 오이와 땅콩

◇ 카레와 와인

◇ 무와 귤

◇ 단감과 쇠고기

◇ 감과 거위

◇ 바나나와 감자

◇ 토끼고기와 귤

◇ 생파와 꿀

◇ 치킨과 맥주

◇ 치즈와 콩류

◇ 짐승의 간과 곶감

◇ 쇠고기와 버터

◇ 빵과 오렌지 주스

◇ 멸치와 견과류(호두, 아몬드, 땅콩 등)

◇ 커피와 프림

◇ 고구마와 감

◇ 고구마와 땅콩

◇ 고구마와 쇠고기

◇ 감과 달걀

◇ 달걀과 두유

◇ 달걀과 차류

◇ 달걀과 약

◇ 대추와 파

◇ 대추와 해산물, 바닷게

◇ 대추와 동물의 간

◇ 대추와 뱅어

◇ 대추와 우유

◇ 대추와 오이

◇ 대추와 무

◇ 대추와 건새우

지면을 많이 차지하는 관계로 설명은 생략한다.

■ 제자리 뛰기 운동법

줄넘기와 같은 효과를 얻어 낼 수 있다. 줄넘기는 도구를 챙겨야 하고 움직일 수 있는 공간이 필요하다. 그러나 제자리 뛰기는 도구 등이 필요 없이 거실 등 아무 데서나 시간 제약 없이 실시할 수 있다.

젊은 사람들은 줄넘기 운동을 10분 이상 하지만 노년에는 심하게 할 수 없다. 가만가만 뛰어서 100~300회 정도하고 쉬었다가 하는 방식으로 2~3회 정도만 하면 된다고 본다.

기대되는 효과로는 심장박동 증가와 폐 호흡량 증가 및 장딴지 근육 자극으로 혈액순환을 좋게 할 수 있다. 또한 전신 근력운동과 내장 기능 자극을 통해 소화기관 개선과 근력 유지에도 도움이 되리라고 본다. 민첩성을 유지할 수도 있다.

제자리 뛰기 운동을 꾸준히 실시해서 건강에 도움이 되도록 하자.

■ 기억력 관리를 통한 뇌 건강 유지하기

나이가 들면서 깜박깜박해지는 현상이 나타난다. 이럴 때면 치매라는 단어를 떠올리게 된다.

사실적으로 뇌를 쓰지 않는다면 기억력 감퇴 현상이 나타날 수 있다.

뇌 건강도 우리 선강에 직접적으로 관계되기 때문에 뇌

기억력 관리 방법에 대해 몇 가지를 들어본다.

첫째 외우는 버릇 들이기이다. 나이 100세가 넘은 장수 노인의 기억력 관리법을 살펴보니 메모장을 쓰면서 중요한 부분에 대하여 외우는 습관이 있었다. 이런 메모장을 보면서 관련된 일의 연상 훈련도 필요하다고 본다. 메모 형식에는 식구 생일부터 일기 형식과 중요 행사의 메모가 있다. 그 밖에도 영어단어 외우기, 한자 공부 등 외우기 할 공부는 많이 있다.

둘째 사람들과 어울리면서 사회활동을 열심히 하는 것이다, 혼자 멍하게 앉아있는 습관은 안 좋다.

셋째 충분한 수면시간을 가져야 한다. 정해진 시간에 7시간 이상의 수면을 취하는 것이 필요하다. 우리 몸은 수면시간에 몸을 복구하는 기능이 있다. 수면시간에 단기기억이 장기기억으로 넘어간다. 수면은 기억력뿐만 아니라 건강 유지에도 필수이다.

넷째 생각을 정리하는 시간을 가져야 한다. 어떤 환경에 의해 뇌가 피로를 느낀다면 휴식을 주면서 생각을 정리하는 시간을 가져야 좋다. 이 방법으로 명상을 들기도 한다. 시끄러운 장소에 오래 있는 것도 안 좋다. 그런 장소는 피하는 게 좋다. 수면 시에는 불을 완전히 소등하는 게 좋다. 생각을 정리할 때의 음악은 조용한 경음악 등이 좋다.

다섯째 안 쓰던 신체 부위를 사용하도록 노력한다. 사용하지 않던 신체 부위를 사용하면 뇌는 새로운 신경망이 생겨서 건망증 예방에 효과적이라고 한다. 예를 들면 춤을 배우다 보면 우리가 안 하던 동작을 하면서 새롭게 신체 부위를 사용한다. 건반악기를 배우면서 손가락 운동을 겸하는 효과를 가져올 수 있다. 평상시 안 쓰던 신체 부위 사용에 관해 연구해 보도록 하자.

여섯째 스트레스는 바로 풀어야 한다. 배우자 사망 등으로 큰 상처를 받으면 기억력이 떨어질 수 있다고 한다. 스트레스 관리도 중요하다고 본다.

일곱째 새로운 것 학습하기이다. 새로운 것을 학습할 때 뇌가 자극되어 뇌 활동을 촉진한다고 한다. 외국어 공부, 독서, 게임, 여행 등을 들 수 있다. 독서 방법으로는 되도록 종이책을 권장한다.

여덟째 산책 등으로 유산소 운동하기이다. 뇌 건강을 위해서는 운동이 빠질 수 없다. 운동요법도 필수이다.

아홉째 사우나 등으로 긴장 풀기이다. 몸을 따듯하게 해서 긴장을 풀어주면 뇌에도 영향을 주어 좋다고 한다. 사우나는 몸속 노폐물의 배출에도 좋다.

열째 위를 비워두는 시간이 필요하다. 뇌 건강과 장 건강은 연관이 된다고 한다. 간식 먹는 습관을 자제하는 것이 좋다. 저녁을 되도록 일찍 먹고 아침을 늦게 먹으면서 자연스럽게 단식 효과를 갖는 방법이 있다. 따라서 저녁 시간에는 모든 음식을 섭취하면 안 된다. 물만 섭취할 수 있다. 나도 이 방법을 활용하고 있다.

열한째 뇌에 좋은 영양식품을 많이 섭취하여야 좋다. 술은 자제하여야 좋지만 마셔야 할 때는 적당히 한다. 술은 공복 상태로 마시면 좋고, 물과 함께 마시면 좋다. 술을 마신 후 바로 자는 것보다 술을 깬 후 수면에 드는 게 좋다.

■ 나만의 건강식 법 찾기

세상에 이런 일이에 나올 법한 이야기들이 있다.

어떤 이는 몸에 해롭다는 라면이 좋아 평생 주식처럼

즐겨 먹은 사람이 건강하게 생활하는 경우도 있다.

술이 해롭다지만 술중독자처럼 지내도 오래 사는 사람도 있다.

담배가 건강에 해롭다고 끊으라고 조언하던 의사가 먼저 죽었다는 것을 자랑삼아 말하는 이도 있다.

최근 유튜브에서 본 것은 그 해롭다는 콜라를 100세 넘도록 즐겨 마셨다는 할머니 이야기도 있다.

인간의 생명은 하늘이 준다고 해서일까. 하여튼 우리 건강 상식에 벗어나는 일들이 주변에 종종 있다.

우리는 현재 넘쳐나는 건강식품에 쏟아지는 건강 정보 홍수 시대에 살고 있다고 본다.

그런데 문제는 건강 정보가 각기 다른 때도 있어 우리를 혼란스럽게 한다는 것이다. 이제까지 몸에 좋다는 음식이 나쁜 음식으로 전락하는가 하면 주장하는 의견도 다르다.

따라서 몸에 좋은 식품을 취하는 데는 자신만의 선택이 중요하다고 본다. 직접 체험해 보기도 하고 여러 정보를 종합해 보기도 하면서 나만의 건강식 법을 찾는 것이 현명하리라고 본다.

우리 인간이 미처 발견하지 못하는 미지의 원리는 얼마든지 많이 있다고 보기 때문이다.

■ 사과와 당근의 주스 건강법

나는 사과가 몸에 좋다고 해서 날마다 먹고 있다. 처음에는 사과를 씹어 먹었다. 며칠 후 치아가 손상되었는지 충치 냄새가 났다. 그래서 사과를 당분간 끊었더니 충치 냄새가 가셨다. 이렇듯 사과를 씹어서 먹으면 치아에 안 좋을 수 있다. 사과를 취식하는 데 가장 중요한 부작용이라고 본다. 따라서 사과를 매일 먹을 경우에는 갈아서 마셔버리는 게 좋다고 본다. 드물게는 사과 알레르기 증상이 있는 사람도 있다. 이런 사람은 사과를 먹을 수 없다.

사과 씨는 시안화물(청산가리)이란 독소가 있어 주의를 요한다. 사과를 쪼개놓고 방치해도 유해 성분이 발생하기 때문에 바로 취식하여야 좋다.

사과와 궁합이 맞는 채소로 당근이 있다. 사과와 당근 그리고 약간의 소금을 곁들여서 믹서기mixer器에 갈면 사과 당근 주스가 된다. 이 주스는 아침 공복에 마시면 좋다.

이 주스의 기대되는 효과로는 심혈관질환 예방, 장내 독소 배출, 간 기능 개선, 시력 강화, 피부노화 방지 등이 있다.

사과 당근 주스로 우리의 건강을 지키자.

■ 얼굴 관리 건강법

얼굴은 자신의 상징으로써 인상을 통해 많은 것을 판단하게 되는 중요한 부분이기도 하다. 얼굴을 통해 그 사람이 좋아지기도 하고 싫어지기도 한다. 사랑의 감정이 솟구치기도 하고 괜스레 미워지기도 한다. 어떤 이는 지식이 많아 보이기도 하고 어떤 이는 하찮아 보이기도 한다. 그래서 관상법이 있나 보다.

얼굴 관리에 있어 씻는 것은 여러 가지의 의미와 효과가 있다.

첫째 정신을 맑게 한다. 세수를 하고 나면 정신이 맑아지고 개운해짐을 느꼈을 것이다.

둘째 피부 개선 효과가 있다. 세면을 잘하면 피부를 좋게 하는 효과가 있나. 이때는 여러 가지 세안법이 따른다.

녹차, 오이, 수세미, 꿀, 들깨, 무 등을 이용한 피부 관리 후 세면하는 방법이 있다. 시금치, 율무, 솔잎, 약쑥, 해초, 무청, 마늘, 한방 약제 등을 삶은 물로 세안하는 한방 요법도 있다. 그 밖에도 쌀뜨물 세안법, 소금물 세안법, 식초 세안법 등 다양한 방법이 있다.

셋째 혈액순환에 좋다. 얼굴에는 많은 경락이 있다고 한다. 그 경락을 마사지하는 효과가 있어 혈액순환이 좋아지는 효과를 기대할 수 있다. 자극을 주기 위해 일부러 찬물을 쓰기도 한다.

넷째 신경선을 자극하는 효과가 있다. 얼굴은 희로애락을 표현하는 곳이기도 하다. 이는 신경선이 몸 전체에 연결되어 있기 때문이다. 따라서 몸 어디에 이상이 생겨도 얼굴에 나타날 수 있다.

다섯째 각종 질병 개선 효과가 있다. 얼굴에는 귀와 눈, 코, 입술 등이 있다. 중요 부위를 비벼주거나 슬며시 지압하며 세면하면 질병 개선 효과도 기대할 수 있다고 한다. 세면할 때는 귀와 목, 콧구멍까지 잘 씻어주어야 한다.

여섯째 사람들의 호감을 얻는다. 피부 관리만 잘해도 사람들에게 많은 관심을 받으리라 본다.

일곱째 자신감이 생긴다. 자신의 얼굴이 잘 관리되면 우선은 자기만족과 더불어 자신감이 넘칠 것으로 본다.

얼굴 관리를 잘해서 우리의 노년 건강을 지켜보자.

얼굴을 씻을 때 사용되는 세제나 비누 등도 신경을 써서 선택하여야 한다. 세면을 너무 자주로 하면 피부손상을 가져올 수 있다. 세면 후 물기를 닦을 때도 문질러 닦는 것보다 살짝 두들겨 물기만 제거하는 게 좋다. 얼굴에 물기를 공급하기 위해서다. 화장품을 바를 때에도 손바닥으로 얼굴을 톡톡 두드리며 발라주면 피부에 자극을 주어 좋다.

■ 낙상사고로 인한 건강 주의

노년이 되면 기력이 떨어지면서 점점 걷기가 부자연스러워 지며 잘 넘어지게 되어 있다. 넘어지면서 다치게 되면 사망으로 이어지는 경우가 허다하다. 특히나 다리나 허리 등 이동에 불편을 주는 곳을 다치면 침상생활로 전환된다. 그러면 운동부족으로 이어저 노화가 급속도로 빨

라지고 각종 질병이 침투할 수 있다. 낙상 사고는 11월부터 다음 해 2월까지 추운 시기에 많이 발생하는 것으로 분석되고 있다. 노년이 되어갈수록 낙상사고에 주의를 하여야 한다. 낙상사고 예방책은 모든 움직임에 조심도 하여야겠지만 평상시 걷기 운동 등을 통해 건강한 기력을 유지하도록 노력하여야 한다. 나이가 들어갈수록 뼈가 약해진다는 사실이다. 뼈에 좋은 음식을 섭취하도록 노력하여야 한다.

다음은 낙상유형에 대해 살펴보자.

첫째 수면 중 일어나서 넘어지는 경우이다. 밤중이라 시야가 확보되지 안 되기 때문에 방향감각이 둔해져 아무데나 넘어질 경우 다칠 확률이 높다. 90세가 넘으신 고모의 사례이다. 옆에 딸이 자고 있다가 고모가 넘어지는 바람에 갈비뼈를 다쳐 고생한 일이 있다. 밤에 일어날 때는 정신을 잘 가다듬고 나서 일어나야 한다. 그렇지 않으면 낙상사고로 다치거나 옆에 있는 사람에게도 피해를 줄 수 있다.

둘째 목욕탕이나 화장실 출입 시 주의를 요한다. 목욕탕이나 화장실은 물을 사용하기 때문에 바닥이 미끄럽고

더군다나 거기에 비누 등을 사용하기 때문에 매우 위험하다. 목욕탕이나 화장실을 걸어 다닐 때는 조심 또 조심하여야 한다. 화장실 등에 미끄럼 방지 매트를 깔기도 한다.

셋째 계단이 있는 곳이나 가파른 길은 조심하여야 한다. 걷다가 순간 기력이 없어지면서 넘어지면 위험하다. 기력이 약할 때는 계단 등은 피해야 한다.

넷째 빗길이나 눈길은 되도록 다니지 않아야 하지만 그래도 활동하려면 조심하여야 한다.

다섯째 높은 곳에서 뛰어내리거나 고랑 등을 건너뛰는 행위는 삼가야 한다.

여섯째 방, 마루, 부엌 등에 바닥이 미끄러운 곳이 없는지 점검해 보아야 하고 실내 전등의 불빛이 약해도 넘어질 수 있다. 필요하면 전등을 교체하여야 한다.

일곱째 보행에 도움을 주는 보조기구가 맞지 않아도 넘어질 수 있다. 이때는 과감하게 교체하여야 한다.

여덟째 침대가 높아도 위험하므로 몸을 가누기 어려운 경우에는 침대사용도 고려해 보아야 한다. 요양원 등에서는 특수 안전장치가 설치된 침대를 사용하기도 한다.

아홉째 시력이 나빠져도 넘어질 위험성이 커진다. 안경

을 맞추는 등 필요한 조치를 해야 한다.

열째 음주나 약 과다복용으로 어지럼증이 생겨 넘어질 수 있다. 음주 후 보행할 때는 각별한 주의가 요망된다. 과음은 절대 금해야 한다. 약은 몸에 무리가 가지 않도록 복용하여야 한다. 모든 약은 독성이 있다. 의사와 상담하여 약 복용을 최소한으로 줄여야 좋다고 본다.

열한째 몸싸움에 휘둘리지 않아야 한다. 몸을 이용한 게임도 마찬가지이다. 약한 힘에도 떠밀려 벽에 부딪치거나 바닥에 떨어지면 낙상사고로 이어질 수 있다. 몸싸움을 해서는 안 된다. 몸을 이용한 게임도 주의를 요한다.

열두째 작업 시에도 주변 환경을 살펴서 안전에 주의하여야 한다. 일하다가 다치는 경우가 종종 있다. 순발력이나 인지력이 떨어져서 일어날 수 있다.

보행에 어려움이 있을 경우 지팡이, 보행기 등 보조기구를 반드시 사용하여야 한다. 필요할 경우 다른 사람의 도움을 받아 이동할 수도 있다.

■ 인간관계를 통한 건강유지법

노년 건강관리법의 하나로 원활한 인간관계를 들 수 있다.

일상에서 접할 수 있는 사람들은 무엇보다 가족이다. 가족에는 배우자를 비롯하여 자식들 그리고 친척들이 있다. 혈연관계로 이루어진 관계이다. 가족 간에도 서로 관심을 가지고 가끔씩 오고 가는 생활이 필요하다고 본다. 만나보면 자연스럽게 대화가 이루어지고 삶의 의미를 느낄 수 있다. 가족들 간의 회목도 조장할 수 있다.

다음 접할 수 있는 관계는 친구나 지인들 관계이다. 어렸을 때부터 이루어진 친구로부터 성인이 되어서 사회생활 중에 만나게 된 지인 등이 있다. 그리고 최근 취미활동 등을 하면서 만난 지인 등 다양하게 주변 친구들이 생긴다. 이들과 잘 어울리면 즐거운 노년생활을 맞이할 수 있다.

다음 접할 수 있는 관계는 이웃이다. 이웃사촌이란 말이 있다. 급할 때는 이웃만한 동반자가 없다. 가장 가까이서 도움을 받을 수 있기 때문이다. 이웃들과의 유대관계를 공고히 해 놓으면 평생 살아가는데 많은 이점이 있으리라고 본다.

인간관계를 원활하게 유지하고 즐기려면 다음이 조건이 수반되어야 한다고 본다.

첫째 건강한 몸이 유지되어야 한다. 몸이 불편하면 자신도 돌아다니는 게 귀찮을 뿐만 아니라 옆에 있는 사람들도 눈치 보며 회피할 것이다. 항상 운동을 열심히 해서 건강한 몸을 챙겨야 한다.

둘째 밝고 긍정적인 생각을 가져야 하며 남을 흉보는 것보다 칭찬하는 자세가 중요하다. 만난 사람마다 자주 칭찬해 주면 누구에게나 사랑 받을 것이다.

셋째 집을 방문하거나 사람을 만날 때는 작은 선물을 준비하면 좋다. 선물은 상대를 기쁘게 해주고 환심을 불러일으킨다. 선물에는 먹을 것부터 소소한 물건까지 다양하게 많다. 자신이 만든 작품 등도 좋다.

넷째 방문 등을 했을 때는 오래 머물지 않아야 좋다. 서로에게 부담이 되는 행위는 삼가야 한다.

다섯째 가족 간이나 친구 간에도 관심을 두고 간간이 연락하는 자세가 필요하다. 관심을 두지 않으면 멀어질 수 있다.

여섯째 필요한 연락처를 따로 기록해 놓고 관리하는 것도 좋다. 휴대폰에 저장된 연락처만 믿고 생활하다 보면 미처 연락하지 못하고 빠질 수가 있다. 평상시 관리하여야 할 연락처를 자주 봄으로써 전화번호를 외울 수도 있고 여러모로 좋을 것이라고 본다.

장수마을의 공통점이 좋은 인간관계 속에 화목하게 지내는 것이었다. 인간들 끼리 서로 부대끼다 보면 삶의 의미를 찾고 서로에게 위안과 힘이 될 수 있다. 노년의 인간관계는 본인뿐만 아니라 가족과 주변인들이 서로 도움을 주면서 노력하여야 하는 부분이기도 하다.

■ 꿀을 이용한 건강법

꿀(honey)은 꽃의 밀선에서 분비되는 넥타르를 꿀벌이 먹었다가 토해낸 액체이다. 한자로 봉밀蜂蜜이라 한다. 꿀은 썩지 않는 식품으로 알려져 있다. 따라서 햇빛이나 공기, 물기, 열 따위의 외부요인을 차단해 주면 효소가 변질

됨을 막을 있다. 꿀에는 다양한 미네랄 등의 영양분이 풍부하게 있다.

꿀의 효능으로는 항암, 항염, 항균, 항바이러스 등의 작용이 있다. 우리에게 직접적으로 주는 영향에는 숙취해소, 면역력 강화, 피로해소, 피부건강, 불면증 개선, 혈관질환예방, 위장질환 개선 등 다양하게 많다.

피부미용으로는 피부에 바르거나 팩으로 사용하기도 한다.

기관지 질환에도 효과 있다. 감기로 목이 아플 때 복용하면 좋다. 심한 기침에는 무와 꿀을 같이 복용하면 효과가 있다. 아침 공복에 꿀은 위를 튼튼하게 하며 취침 전에 꿀은 숙면에 좋다.

다음은 꿀에 대한 부작용과 주의사항에 대해 살펴보겠다.

첫째 끓는 물에 꿀을 넣어 버리면 영양분이 파괴될 수 있다.

둘째 당을 관리하는 당뇨병 환자에게는 주의를 요한다.

셋째 꿀에는 보툴리누스균이 있어서 영아에게는 해롭다.

넷째 꿀을 먹을 때는 나무숟가락을 사용하는 것이 좋다.

다섯째 복용량은 1회 1~2스푼정도가 적당하다.

여섯째 보관에 있어 직사광선을 피하고 냉장 보관보다 서늘한 곳의 실온 보관이 좋다.

일곱째 꿀과 같이 섭취하면 안 좋은 음식으로는 콩류(두부, 두유, 콩물 등), 감, 양파 등이 있다.

여덟째 개봉된 꿀은 1년 내에 소모하는 게 좋다고 본다.

꿀은 부패방지 효과가 있기 때문에 설탕대신에 꿀을 사용하기도 한다.

이렇듯 꿀은 우리에게 유용한 식품이다. 꿀을 잘 애용해도 우리 건강을 지키는데 좋다고 본다.

이상과 같이 여러 가지 건강생활 방법을 소개하였지만 다 해보기란 어렵다고 본다. 무엇보다 자신이 처한 현재 상황에 따라 알맞은 건강 요법이나 비법을 찾아보는 게 현명하다고 생각한다. 모두가 건강 100세를 향해 열심히 뛰어보자.

4. 일거리 만들기

노년이라 해서 당연히 쉬는 것이 능사는 아니라고 본다. 알맞은 일거리가 있으면 더 좋지 않을까 생각한다,

그렇지 않아도 일할 청년이 부족하다고 아우성이다. 손 놓은 늙은이가 많아진다는 푸념 아닌 푸념이다. 갈수록 젊은 인구층은 줄어들고 노인 인구층이 늘어날 염려가 크다.

내 생각에는 정년 했으니 쉬어라 보다 정부나 기업 차원에서 연령대별 일거리를 구체적으로 제시해 주었으면 한다. 지금 하는 일자리 정책은 너무 형식적이라고 생각한다.

이를테면 구체적으로 60세부터 65세까지, 66세부터 70세까지, 71세부터 75세까지, 76세부터 80세까지 나이대별로 활동 분야를 제시하고 시간제 모집을 정식으로 공고하는 것이다.

지금 운영되고 있는 노인 일자리 분야는 봉사 수준이다. 보수도 형편없고 일할 거리 자체도 값어치나 보람 없는 일이 많다. 그냥 소일거리 준다는 식이다.

그렇지 않으면 취업 실적 올리기 수단으로만 보인다. 그나마 홍보도 제대로 되어있지 않아 모르는 사람이 태반이다. 일자리 주는 방법도 먼저 오는 사람에게 대충 주어 버리면 다다. 이렇다 보니 분야별로 질 좋은 사람을 쓸 수가 없다. 최소한 서류전형과 면접이라도 봐서 책임감 있고 실력 있는 사람을 우선하는 게 좋지 않을까 생각한다.

노인들이 정식으로 일자리를 갖는다면 경제적으로나 사회적으로 좋은 영향을 주리라고 믿는다.

지금의 현실처럼 복지관이나 경로당에 예산만 지원할 일이 아니라고 본다.

정부의 일자리 지원 정책이 많이 개선되어야 한다고 본다.

개인적으로 노년에 일자리를 구하기 위해서는 다음의 몇 가지를 준비하거나 생각해 두어야 한다고 본다.

1) 자격증 취득하기

2) 직징 자격 활용 계획 세우기

3) 기술이나 기능 습득하기

4) 특기 살리기

5) 좋아하는 일 구상하기

6) 시대적으로 요구되는 일거리 찾기

7) 봉사 수준의 소일거리 찾기

5. 나만의 단골처 확보하기

우리가 생활하다 보면 대충의 루트가 형성된다. 잘 가는 식당이나 이발소 등 많은 생활 이용권이 조성되어 있다. 단적으로 말해서 단골처를 만들어 보자는 것이다. 늙어갈수록 바뀜을 싫어한다. 따라서 여기저기 다니는 것을 싫어하게 된다. 젊었을 때는 여기저기 비교도 해보는 데 노년에는 그럴 여유가 없다. 단골 메뉴처를 예시로 보면 다음과 같다.

1) 머리를 손볼 수 있는 이발소이다. 자신의 취향을 잘 아는 이발사는 척척 신속하게 서비스해 줄 것이다.

2) 몸이 아프면 진료할 병원이다. 병원에는 각 전문 분야별로 둘 수 있다. 병원을 지정해 두면 진료받기가 수월하고 의사와 안면이 생겨 상담하기도 편하다. 담당 의사가 진료를 하는데도 많은 도움이 되리라고 본다. 그간의 의료기록이 누적되어 있기 때문이다.

3) 약을 사 먹거나 처방받을 수 있는 약국이다. 약국도 처방약 외에 영양제나 처방전 없이 먹거나 바를 약이 있다. 단골로 다니면 가격도 디스카운트해 주는 등 질 좋은 서비스를 받을 수 있다.

4) 손님 접대나 가족회식, 친구 만남 등에 필수적인 곳이 식당이다. 식당 메뉴에 따라 여러 군데 지정해 둘 수 있다. 식당도 단골로 해 놓으면 더 좋은 서비스를 받을 수 있다.

5) 필요한 생활용품이나 식품 등을 살 수 있는 마트나 가게이다. 이런 곳을 단골 하면 진열 상품을 다 알아볼 수 있다. 어디에 어떻게 진열되어 있는지 그냥 알 수 있어 쇼핑에 시간 절약을 할 수 있다. 직원을 알아놓으면 좋은 정보나 서비스를 받을 수 있다.

6) 날마다 규칙적으로 하는 운동코스이다.

7) 혼자 낭만을 즐기거나 손님을 만날 장소로 찻집이 있다.

8) 한가한 시간을 가지기 위해 근방 가까운 공원을 지정해 두면 좋다.

9) 책을 열람하고 공부도 할 수 있는 도서관을 지정해

두면 좋다.

10) 피부 관리를 위해 화장품 가게를 지정해 두면 좋다.

11) 사용하는 컴퓨터에 대해 서비스 받을 업체를 알아 두면 좋다. 고장 등으로 급하게 서비스 받아야 할 경우, 업체를 지정해 놓지 않으면 어디로 가야 할지 혼란스러울 수 있다. 질 좋은 서비스를 받기 위해서라도 꼭 필요하다.

12) 휴대폰 서비스업체를 지정해 두면 좋다.

13) 구미에 맞는 재래 시장도 지정해 놓으면 장날마다 구경할 만하다.

14) 현금 관리를 위한 은행도 지정해 놓으면 좋다.

15) 각종 수리 업체도 지정해 두면 서비스 받기가 편리하다.

그 밖에도 단골로 지정할 곳은 많이 있을 것으로 본다. 나이 들수록 단골처가 좋다. 평상시에 그런 곳을 많이 알아두도록 하자.

제7장

노년의 처신

1. 갖추어야 할 것

■ 글쓰기 자세

노년에 글쓰기가 인기이다. 시 창작 교실을 찾아보면 대부분이 나이가 지긋한 사람들이다.

글을 쓴다는 것은 노년을 정리하는 한 방법이라고 생각한다. 늦었다고 생각하지 말고 글쓰기를 해보자. 글쓰기가 노년에 갖추어야 할 자세라고 권하고 싶다.

■ 경제력

노년에 자신이 쓸 생활비 정도는 비축되어 있어야 한다. 노년에 경제력이 없으면 비참해질 수밖에 없다. 젊어서 저축하라는 이유가 여기에 있다. 노후에는 자식보다 자신이 우선이다. 꼭 경제력을 확보해 놓자.

■ 친구 관리

노년에는 필요한 친구만 관리하면 된다. 자기와 뜻이 맞고 도움이 될 수 있는 친구를 관리해 보자. 노년의 친구는 많을수록 좋은 것이 아니다. 필요한 친구들만 있으면 된다. 나이 차이도 관계없고 성 구별도 필요 없다. 마음을 나눌 수 있는 진정한 친구가 중요하다.

■ 자신 관리

노년에는 자신의 관리에 철저해야 한다. 자신의 관리에 대해 살펴보면 다음과 같다.

첫째 목표의식 갖기이다. 항상 도전하는 자세로 앞으로 무엇을 할 것인가가 계획되어 있어야 빈틈없는 생활을 할 수 있다. 목표의식이 없으면 아까운 시간을 마냥 낭비할 수 있다.

둘째 건강 챙기기이다. 자기관리에 있어 건강은 아무리 강조해도 지나치지 않다. 건강관리에 소홀하면 인생 전체를 소홀히 하는 것이다,

셋째 성찰의 시간을 가져야 한다. 과거도 뒤돌아보고 반성도 하면서 인생 성찰의 시간을 가져봐야 한다.

넷째 자신만의 즐거움 찾기이다. 노년에는 눈치 볼 필요가 없다. 자신만의 즐거운 일이 될 수 있다면 열심히 추구해야 한다.

다섯째 정리된 삶을 살아야 한다. 버릴 것은 버리고 잊을 것은 잊어야 한다. 항상 정리하는 자세가 필요하다. 늘리기보다 하나라도 줄여가야 한다.

여섯째 나 우선의 자세이다. 이제까지는 남의 눈치와 희생으로 살았다. 이제부터는 나를 위해 살아야 한다. 나를 위할 것이 무엇인가 찾아보자.

일곱째 나를 가꿀 나이이다. 피부도 신경 써 보고 의상도 점검해 보자. 낡은 옷은 버리고 누추하지 않은 옷들만 남기자. 액세서리도 하나쯤 챙겨서 해보자. 생기 있고 산뜻한 맛이 날 것이다. 신발도 낡은 것은 버리고 새것으로 사자. 몸은 날마다 씻고 속옷은 자주로 갈아입어야 좋다. 나이가 들수록 노인 냄새에도 신경을 써야 한다. 자신도 모르게 피해를 줄 수 있다. 향수를 사용해도 좋다.

여덟째 나에게 용기를 주자. 이제부터 내 인생을 산다. 난 잘할 수 있다.

아홉째 작은 기쁨에도 크나큰 감사의 마음을 갖자. 감사하는 마음을 가질수록 더 큰 기쁜 일이 생길 것이다.

열째 작은 것에서 감동을 찾아보자. 그 감동이 몇 배로 커질 것이다.

열한째 세상을 밝게 보자. 긍정적인 삶이 나에게 행운을 가져다준다. 불평불만이 많을수록 불행이 겹쳐올 수 있다. 세상을 밝게 보면 행복한 빛이 쏟아져 내릴 것이다.

열두째 노년은 봉사하는 자세를 갖자. 대접받으려 하지 말고 오히려 베풀자. 능력이 닿는 한 정신적, 육체적, 물질적으로 베풀고 살자.

열셋째 아름다움을 취하자. 아름다운 모습만 보고, 아름다운 소리만 듣고, 아름다운 말만 하자. 세상이 아름다워질 것이다.

열넷째 늙음을 황홀한 석양처럼 곱게 물들이고, 예쁜 단풍잎처럼 누구나 주어서 만져볼 수 있는 낙엽이 되자. 늙음은 또 다른 나의 삶이다. 멋지고 아름답게 늙어보자.

2. 버려야 할 것

노년이 되면 그동안 모으기만 했던 것들을 버릴 때이다. 버린다 해서 쓰레기가 되는 것이 아니고 생활 습관을 고치고, 안 쓰는 물건은 남에게 선물로 주고, 줄 수도 없는 물건은 쓰레기로 버리면 된다. 다음에서는 버려야 할 것들에 대해서 열거해 보자.

1) 안 쓰는 물건이나 필요 없는 물건. 쓸모가 없어진 물건, 파손된 물건 등

2) 과도한 욕심과 욕망

3) 여러 모임

꼭 필요한 모임만 챙기고 나머지는 탈퇴하거나 무시한다.

4) 필요 없는 친구나 도움이 안 되는 친구

5) 돈이 낭비되는 요인

6) 지나간 과거

과거에 얽매이면 전진하지 못한다. 과거 집착은 우울증을 가져올 수 있다. 과거사는 털어버리고 현실을 직시하자. 그리고 미래를 꿈꾸면서 계획하고 준비해 보자.

7) 연연해하는 집착

8) 부정적인 생각

9) 과거 분한 마음

10) 과거 후회 버리기

11) 남과 비교하는 마음

남과 비교하게 되면 열등감만 생길 수 있다. 이제 노년기에는 경쟁할 나이가 아니다. 자신의 패턴대로 살아가야 한다.

12) 게으른 삶

13) 원망하는 마음

14) 의존심

자식에게 의존하려는 마음이나 타인에게 의지하려는 의타심을 버려야 한다. 자신이 직접 할 수 있도록 노력해 보자.

15) 대접받으려는 마음

대접받으려는 시대는 지났다. 오히려 봉사하는 마음을

갖도록 하자.

16) 남을 너무 의식하는 삶

17) 너무 참으려고만 하는 삶

18) 내 판단을 자녀에게 강요하려는 마음

19) 오지 않은 미래를 걱정하는 삶

20) 돈을 모으려고 집착하는 삶

모으기보다 쓸 때다. 자신을 위해 써라. 돈을 쓸 줄 아는 것도 좋은 능력이라고 한다. 수입이나 경제 능력에 맞춰 살아야 편하다.

21) 일에 무리하는 삶

22) 남에게 미움받을 행위

23) 편안함만을 추구하는 삶

편안함은 각종 질병만을 부른다.

24) 남의 일에 간섭하는 것

25) 자식 자랑

26) 자기 자랑

자기의 과거 학력이나 경력 그리고 지위 등을 자랑하는 것은 자신을 서글프게 할 뿐이다. 대부분의 사람들이 좋게 받아들이지도 않는다. 자칫하면 시기심이나 증오감을 조장할 수 있다.

27) 돈 자랑

돈 자랑은 자신을 불리하게 만든다. 이를 이용하려는 사람도 생기고 시기심을 가져올 수 있다.

28) 남 흉보는 행위

자신에게 다시 화살로 되돌아올 것이다.

29) 부정적으로 영향 받은 모든 것

30) 세상을 만만하게 보는 것

31) 건강에 대한 자신감

32) 공연한 걱정

속담에 걱정을 사서 한다는 말이 있다.

33) 오기 찬 말투

싸우는 것 같은 말투는 상대방이나 옆에서 듣는 사람에게 불쾌감을 준다. 특히나 노년에 청력이 떨어지면 큰소리를 자기도 모르게 한다고 한다. 조심하여야 할 게 말투이다.

34) 80세 이후는 없는 것으로 생각함.

요즘은 100세 인생이라고 노래처럼 부르고 있다. 만약 더 장수한다면 노후 문제를 어떻게 처리할까도 생각해 봐야 할 것이다.

35) 자식이 노후대책이라 생각한다.

앞에서도 많이 다루었지만 자녀와는 독립하여야 한다. 자식을 노후대책으로 보면 불행해질 염려가 크다. 자식에 의존하고 사는 시대는 지났다.

36) 병에 대한 걱정

일명 건강염려증이다. 질병은 누구나 가지고 있다. 걱정한다고 해결될 일이 아니다. 먹고 싶은 것 잘 먹고 운동만 열심히 하면 된다.

37) 완벽주의

가볍게 일을 처리하자. 완벽을 기하려다 보면 힘을 쏟아야 하므로 무리하게 되고 피곤해지게 된다.

38) 말을 많이 하는 습관

말을 많이 하면 잔소리로 들릴 수 있다. 내 이야기를 적게 하고 들어주는 아량을 베풀어야 좋다고 한다.

39) 극단적인 말

(예) 죽었으면 좋겠어. 나가 죽어라.

무심코 그냥 던진 말이 씨가 된다고 했다. 자신의 신상에 안 좋을 수 있다.

40) 서운해지는 마음

생활하다 보면 때로는 서운한 감정이 들 수도 있다. 그러나 같이하는 것만으로도 고마워해야 할 것이다.

41) 남 탓하는 버릇

42) 늙을수록 착각하는 생각

43) 너무 아끼려는 행동

이제는 쓰고 살 때다. 내 몸에 과감하게 투자해라. 오래된 누추한 옷은 버리고 유행하는 옷, 신발 등을 살 필요도 있다. 돈은 풀어야 사람들이 따른다.

44) 남 앞에 나서려는 행동

되도록 나서지 않고 양보할 나이이다.

3. 정리 방법

1) 쓰레기 처리(버리기)

선물 등을 하고 남은 것은 쓰레기로 처리한다. 쓰레기는 다시 고물로 처리할 것과 재활용품으로 분리 수거해서 버릴 것이 있다.

2) 기부寄附하기

다른 사람에게는 이용할 가치가 있거나 필요한 물품은 기관이나 개인에게 기부할 수 있다. 기부란 대가 없이 무상으로 주는 것을 말한다.

3) 무모한 도전 포기하기

불가능한 일에 도전함으로써 많은 기력을 빼앗기게 되고 체력도 소모하게 된다. 또한 실패로 인한 후유증에 시달리면서 정신적인 스트레스도 받는다. 때로는 포기도 중요하다.

4) 목표 줄이기

힘에 겹도록 많은 목표를 설정한다든지, 달성하기 어려운 목표를 설정해서 과로하면 안 좋다. 나이 들어서는 욕심을 내려놓고 이행 가능한 목표부터 하나하나 추진할 필요가 있다.

5) 활동 분야 줄이기

너무 많은 일을 벌여놓고 힘들어하는 것은 안 좋다. 그리고 여러 분야를 감당하다 보면 성과도 안 좋을 수 있다. 필요한 분야의 우선순위를 정해 나머지는 나중으로 미루거나 그만두는 방법이 좋다고 본다.

6) 넘겨주기(인계하기)

자신이 맡아 오던 직책이나 업무 등을 다음 사람에게 인계하는 것을 말한다. 힘들어서 넘겨줄 수도 있지만 나이 체면상 넘겨줄 수도 있다. 나이 먹어서는 책임감 있는 일을 넘겨주는 게 좋다고 본다. 노년에는 아무래도 인지력이 떨어지게 되어 있다.

7) 간편화하기

자신이 겪은 경험을 바탕으로 살아가는 방식을 간편화할 필요가 있다. 간편화할 일거리나 방식은 평상시에 생각해 본 대로 고치면 된다.

8) 선물하기

안 쓰는 물건을 사전에 주는 것은 선물이 되지만 죽어서 주면 유품遺品이 된다. 유품은 누가 가지려 하지 않을 것이다. 증여와도 같은 말이다.

9) 판매하기

값나가는 물품은 공매 사이트를 통해 판매하거나 지인들에게 팔 수 있다.

10) 마음 순화시키기

흥분된 마음을 안정시켜서 좋은 마음으로 바꾸는 것을 말한다. 잡스러운 것을 없애고 순수한 것이 되게 하는 것이다.

10) 자제하고 조심하기

하지 않아야 할 일을 가려서 조심하는 것을 말한다. 노년에 자제하지 못하거나 조심하지 못하면 비난의 대상이 되거나 추태를 보이는 결과가 될 수도 있다.

11) 무리하지 않기

나이 들어 무리하면 건강에 영향을 줄 수 있다. 욕심을 버리고 무슨 일이든 적당하게 처리해야 한다.

4. 해야 할 것

1) 젊었을 때부터 생각하고 못했던 것 해보기

이제 쫓기며 살아갈 나이가 아니다. 젊었을 때는 형편이 어려워 못해본 일이나 중년에는 삶에 찌들어 못해본 것들이 있다면 지금 해볼 수 있다. 나이 핑계를 대지 말고 과감하게 실행해 보자. 항상 시작은 늦지 않다.

2) 연락할 친구나 은혜 입은 지인 찾아보기

나이가 들면 친구의 사귐도 진지해진다. 진정으로 필요하거나 마음에 맞는 친구에게 연락을 먼저 해보자. 그동안 은혜를 입었던 지인을 찾아 보답하는 것도 좋다고 본다.

3) 젊은 친구 사귀기

나이를 먹었다고 또래 친구만 만나다 보면 정신이 침체될 수 있다. 가족 간 만남이나 젊은이들과 만날 수 있는 기회를 마련해 보자. 자신의 전공을 가르치면서 어울릴 수도 있고 취미활동을 통해서도 어울릴 수 있다. 세대별 감각을 익혀두면 좋다. 이런 만남에서 옛날 경험을 통한 지향적 사고는 버려야 한다. 젊은이들의 감각에 따라야 어울릴 수 있다.

4) 경제적 수입거리 찾기

적당한 일은 사람을 활기차게 한다. 적당한 일도 장수의 비결이라고 한다. 평생 할 수 있는 일이 있는 것도 행운이라고 본다. 일은 자연스럽게 돈과 연결될 수도 있다. 돈이 따른다면 노후생활이 더욱 윤택해질 것이다. 본인의 능력을 맘껏 활용해 보자. 장수 걱정, 건강 걱정, 자녀 걱정, 자산 걱정 등으로 항상 현역같이 살아갈 수밖에 없다.

5) 활력을 주는 취미생활 즐기기

6) 여행을 즐기기

7) 건강 유지에 노력하기

8) 자녀 인생에 관여 않기

자녀와는 적당한 거리를 두어야 한다. 세대를 달리하기 때문에 생각이 다르고 살아가는 방식이 다를 수 있다. 옛날에 자신이 겪었던 일들은 참고로만 말할 뿐이다. 이를 받아들이도록 강요해서는 안 된다.

9) 남자나 여자, 자기 성에 만족하기

10) 봉사로 사랑 전파하기

11) 배우자에게 자유 주기

배우자를 이제까지 통제하고 간섭했었다면 이제 서로 자유를 주어야 할 나이이다. 지금이라도 자유를 즐기지 못한다면 인생 마지막에 후회할 일이다.

만약 부부가 서로 마음이 맞지 않아서 심각한 스트레스를 받는다면 별방이나 떨어져 사는 방법도 있다. 별거나 졸혼의 방법이다.

12) 배우자에 관심 주기

나이 들어 직접적으로 의지하고 도움을 청할 사람은 배우자이다. 배우자에게 항상 관심을 주고 서로 살펴 주어야 한다. 노년에 장수한 부부들을 보면 부럽다.

13) 새로운 것에 도전하기

자꾸 새로운 것에 도전해야 활력이 유지되고 삶도 새로워진다. 무엇보다 정신 건강에 좋다고 한다. 외국어 학습도 좋다.

14) 즐겁게 살기

노후에는 즐겁게 살려고 노력해야 한다. 하고 싶은 일이 있으면 시작해도 좋다. 시간이 허용되는 대로 즐겨야 한다. 때가 되면 또는 나중에 하겠다고 생각하는 순간 즐기지 못한 것을 후회할 것이다. 인생 순간순간을 아름답게 즐겨라.

15) 자서전 쓰기

글쓰기를 공부해서 자신의 일대기를 써 보는 것도 보람된 일이라 생각한다.

16) 미리 하는 습관을 지니자.

노년에는 생각이 떠올랐을 때 바로 하거나 무슨 계획이 서 있는 경우에는 미리 하나하나 챙겨야 한다. 미리 하지 않으면 시간에 쫓기면서 실수를 많이 할 염려가 있다. 행동도 느리기 때문에 제시간에 맞추기 힘들 수도 있다. 나이 들어서는 미루는 습관을 버려야 한다.

17) 되도록 웃는 얼굴을 하자.

18) 사람들과 어울리려고 노력하자.

19) 장점 살리기

20) 유머 살리기

21) 덕담을 많이 해라.

22) 성생활 유지하기

성관계는 못하더라도 피부 접촉 등으로 관계를 유지해

야 좋다.

성적 욕구는 당연한 것이라고 생각하여야 한다. 노년의 성을 이상하게 생각하면 안 된다.

23) 싫은 일은 하지 말고 마음 편한 쪽으로 행동해라.

5. 인생 마지막에 후회하는 것들

인생 마지막에 후회하는 것들은 개인마다 차이가 있다.
자신이 처한 상황이나 살아온 환경이 다르기 때문이다.

1) 너무 열심히 일만 함

2) 감정을 표현하지 못함

3) 친구나 지인들을 소홀히 함

4) 자유로운 삶을 갖지 못한 것

5) 너무 참고 산 것

6) 혼자만의 시간을 많이 갖지 못한 것

7) 너무 착하게만 살려 한 것

8) 남의 인생 걱정한 것

9) 사람을 아무나 믿었던 것

10) 사람 관계가 영원할 거라고 믿었던 것

11) 후회에 집착하며 지낸 세월

12) 남을 너무 의식하고 살았던 것

13) 사랑하는 사람에게 자존심 세워 상처 줬던 것

14) 일어나지 않을 것을 걱정한 것

15) 연애에 목숨 걸고 시간 보낸 것

16) 허영심에 필요 없는 물품을 사고 돈을 소비한 것

17) 아무나 만나고 인연을 맺은 것

18) 뜨거운 연애를 못 해본 것

19) 과감하게 도전하지 못해서 기회를 잡지 못한 것

20) 남의 말에 쉽게 현혹된 것

6. 나이대별 삶

60대는 청춘이라 생각하고 열심히 산다. 60대에서는 나이 먹은 태를 내면 안 된다. 또한 70대를 대비하기 위해 건강관리에도 주력한다.

요즘의 60대는 활기가 넘치는 중년이란 것을 잊어서는 안 된다.

70대는 늙음과 싸우는 나이이다. 매일 꾸준한 건강관리 노력이 노화를 늦추고 활기찬 삶을 유지 할 수 있다. 80대를 준비하기 위한 기간이기도 하다. 70대에 건강을 유지하면 80대를 무난하게 보낼 수 있다. 못해본 일들을 충분히 해낼 수 있는 시기이다.

80대는 이제 늙음을 받아들이고 꾸준히 살아온 대로 유지하는 나이이다. 혹여 편한 함을 추구하거나 나태해지면 노화가 가속될 수 있다. 80대 이후에는 의사가 필요 없다고 한다, 큰 수술 등은 권장하고 싶지 않다. 회복력이 떨어지기 때문이다.

90대 이후에는 행운의 삶이다. 장수한 삶이기 때문이다. 평상시에 유지해오던 생활패턴을 유지하면 된다. 90대에도 노익장老益壯을 자랑하는 사람도 있다. 하늘에서 부르는 날까지 힘을 과시하며 열심히 살아야 하리라고 본다.

제8장
노년 마무리

제8장 노년 마무리

노년의 마무리는 대개 자녀나 후손에게 물려주거나 유언의 형식으로 한다.

노년의 삶은 누구도 장담하지 못한다. 어제까지 건강하다가도 몸에 이상이 있어 병원에 간 뒤로 집에 들어오지 못하고 생을 마감하기도 한다.

또한 치매로 모든 것을 하루아침에 잃어버리는 경우도 있다. 그래서 노년이 되면 이런 대비를 할 필요가 있다고 본다. 노년에 들어 처리할 몇 가지를 알아보기로 하자.

1. 유산 처리

유산遺産이란 선조 때부터 내려오거나 자신이 후손 대대로 남길 가치 있는 물질적인 것이나 정신적인 것을 통틀어 말한다.

저명인들을 보면 유산을 박물관에 기증하거나 자체 보관하는 경우가 있다. 또는 생가 보존 형식으로 관리하기도 한다.

자신에게 유산이 될 만한 게 있다면 사전에 인계해 주고 관리 방법을 일러줄 수 있다.

차후 어떻게 관리하느냐는 자식이나 후대의 몫이다.

후대에 일러주지 않으면 골동품으로 판매하거나 고물 처리될 수도 있다. 때로는 쓰레기 등으로 버려질 수도 있다.

2. 장례 방법 알려주기

어떤 이는 자식에게 자신이 죽으면 매장을 원하였다. 그래서 사전에 묫자리까지 만들어 놓았으나 후대가 그냥 편한 방법으로 화장 처리해 버리는 것을 보았다. 장래 산소 관리가 어렵다는 이유에서였다. 조금은 씁쓸한 맛이 난다.

어떤 이는 신체 자체를 대학병원에 기증하거나, 사후 장기를 기증하는 이도 있다.

요사이는 화장 문화가 대세라 거의 화장 처리한다. 화장에도 납골당을 만들어 보관하거나 수목장 등으로 처리한다. 때에 따라서는 일정한 장소에 뿌려서 처리하는 방법도 있다.

예전에 매장을 할 때, 봉우리를 만드는 묘를 많이 만들었다. 그러나 지금은 평장형태에 비만 세우는 것으로 많이 한다. 봉우리 묘는 각기 자리를 잡아 조성하기 때문에 장소를 많이 차지할 수 있다. 벌초 등 관리에도 어려움이 많다.

본인의 장례 처리 희망을 사전에 자식에게 잘 일러주어야 한다. 산소를 조성하는 경우에는 주변을 어떻게 꾸며달라고까지 요구하는 이도 있다. 예를 들면 주변에 무슨 나무를 심어달라든지, 무슨 꽃을 심어달라는 등 다양하게 많다. 바다를 좋아한 사람은 바다가 보이는 곳에 묻어달라고 할 수도 있다.

3. 묘비명 새기기

묘비란 무덤 앞에 세우는 비석에 죽은 사람의 성명, 신분, 행적 등에 대해 새긴 글을 말한다. 예전에는 유교식으로 정해진 형식에 따라 한자로 새겼다. 그러나 요즘은 다양하게 묘비석을 새긴다.

대체로 묘비 내용은 한 사람의 인생을 압축해서 새긴다. 또 남기고 싶은 기억이나 바람을 담기도 한다. 때로는 배우자, 자식, 지인, 가족, 후손, 시인 등이 묘비 내용을 써 주기도 한다.

사전에 자신의 묘비 내용을 멋지게 써 보는 것도 좋으리라고 본다. 내용이 감동적인 묘비는 볼 때마다 가슴을 뭉클하게 한다.

우리나라에는 내용을 담지 않은 백비형태의 묘비들도 있다.

4. 유언장 작성

유언장이란 사람이 죽기 전에 유언을 적어 놓은 것을 말한다. 민법 등에서는 유언서라는 용어를 사용하고 있다.

민법에서는 유언자의 의사를 명확히 갖춘 유언서는 법적인 효력을 가진 것으로 인정하고 있다. 실제로 유언장에 주소 등 필히 작성돼야 할 내용이 빠졌다면 유언장 전체가 무효가 되기도 한다. 우리나라 정서상 유언장은 죽음에 임박하여 쓰거나 공개하는 것으로 인식되어 있다. 그러다 보니 뜻하지 않게 사망하거나 치매 등이 있는 경우 사후 숨겨둔 재산이 발견되어 그 소유를 놓고 법정 분쟁으로 번지는 일이 많다.

유언장을 너무 일찍 작성해 놓고 이를 공개하면 여러가지 다툼을 만들 수 있다. 드라마처럼 큰 사고를 당할 수도 있다. 따라서 유언장은 혼자 작성함이 좋다.

유언장은 자신의 죽음에 대해 생각하면서 작성되기 때

문에 자신을 성찰하는 기회가 되기도 한다.

생명에 위협을 느끼면서 쓰는 전쟁 참여 시 등의 유언장은 쓰면서 본인 안전에 대한 경각심을 갖게 하는 효과도 생긴다.

유언장의 내용이 자신에게 불리할 경우 유언장을 없애버린다면 상속 등의 결격사유에 해당할 수 있으므로 오히려 불리한 처지에 몰릴 수도 있다. 이미 상속받았다 할지라도 소송당하면 상속받은 재산을 반환해야 하는 불상사를 맞이할 수도 있다. 이때 원고 측이 유언장 존재를 입증해야 한다. 따라서 공개 유언장은 공증을 받아 놓거나 복사나 사진 등으로 증거를 바로 남겨 두어야 한다.

■ 민법 제1004조(상속인의 결격사유)

다음 각호의 어느 하나에 해당한 자는 상속인이 되지 못한다.

1) 고의로 직계존속, 피상속인, 그 배우자 또는 상속의 선순위나 동순위에 있는 자를 살해하거나 살해하려 한 자

2) 고의로 직계존속, 피상속인과 그 배우자에게 상해를 가하여 사망에 이르게 한 자

3) 사기 또는 강박으로 피상속인의 상속에 관한 유언 또는 유언의 철회를 방해한 자

4) 사기 또는 강박으로 피상속인의 상속에 관한 유언을 하게 한 자

5) 피상속인의 상속에 관한 유언서를 위조 · 변조 · 파기 또는 은닉한 자

■ 유언장 작성 방법

민법에서 인정되는 유언장 작성 방법에는 다음 5가지 가 있다. 민법 제1065조(유언의 보통 방식)

1) 자필증서

증인이 없어도 되고 작성 비용도 들지 않으며 만 17세 이상이면 누구나 손쉽게 할 수 있다는 장점이다. 다만 유언자의 사실 진위에 대해 법원의 확인을 받아야 한다는 번거로움이 있다.

중요한 사항은 자필증서로 유언을 남길 때는 자필로 해야 하므로 타인이 대신 작성해 주거나, 컴퓨터로 작성해 출력 또는 복사한 것, 일부라도 다른 사람이 작성한 것은

모두 무효가 된다는 것이다.

자필증서에 필수적으로 들어가야 할 내용
◇ 유언 내용
◇ 유언 연월일
◇ 유언자 주소
◇ 유언자 성명
◇ 날인

※ 정정할 시 문자 판독이 가능하도록 긋고, 정정 부분에 정정 자수를 기재하고(자서) 날인한다.

2) 녹음

녹음 장비 등을 사용해 유언자의 육성으로 유언을 남기는 방법이다. 녹음으로 유언을 남길 때 필수적으로 녹음해야 하는 내용들은 다음과 같다. 영상으로 찍더라도 음성은 반드시 정확하게 들려야 한다. 음성이 명확하지 않을 경우에는 무효가 될 수 있다.

녹음에 포함되어야 할 내용

◇ 유언 내용

◇ 유언자 성명

◇ 유언 연월일

◇ 유언자의 음성일 것

3) 공정증서

공증인에 의한 유언을 할 때는 유언하는 자리에 2인 이상의 증인이 참석해야 한다. 유언자가 한 말을 공증인이 받아 유언장을 작성하고 그 내용을 유언자와 증인들에게 낭독하거나 읽어 보도록 한다. 유언자와 증인들이 작성한 내용이 정확할 경우, 각자 서명 또는 기명날인한다.

공정증서는 법원의 확인을 받지 않아도 되는 대신 가격이 매우 비쌀 수 있다. 재산의 규모에 따라 수수료가 더해지기 때문이다. 잘 따져보고 해야 한다.

4) 비밀증서

자필증서에 공증의 효력을 더한 개념이다. 유언자가 유언장을 봉투에 넣고 봉투 겉면에 유언자 자신의 이름을 적고 2명 이상의 증인 앞에 제시하여 자기의 유언서임을 확인한다. 그 뒤 유언자가 밀봉하고 표면에 연월일을 기재하고 유언자와 증인들이 각자 서명 또는 기명날인하는 방법이다.

밀봉 서류는 기재된 연월일로부터 5일 이내에 공증인에게 제출하여 그 봉인 상에 확정일자 인을 받아야 유언으로 인정을 받을 수 있다.

봉투 표면에 기재될 내용

◇ 유언자 날인

◇ 증인 날인

◇ 확정일자 제○호

◇ 확정일자인 2023. 12. ○○(예시 연월일 임)

5) 구수증서

몸을 가누지 못할 질병 등 기타 급박한 사유로 인하여 유언을 할 수 없을 때 하는 방법이다. 다른 방법으로 유언을 할 수 있는데도 구수증서로 유언을 남기면 해당 유언은 무효가 될 수 있다.

구수증서는 2명 이상이 참여한 가운데 유언자가 유언 내용을 말하면 증인이 받아 적은 후 유언장을 낭독하여 확인시킨 뒤, 유언자와 증인들이 각자 서명 또는 기명날인을 하여 작성한다.

구수증서는 유언 후 7일 이내에 법원에서 확인을 받아야 유언으로 인정된다.

■ 민법 제1072조(증인의 결격사유)

1) 다음 각호의 어느 하나에 해당하는 사람은 유언에 참여하는 증인이 되지 못한다.

(1) 미성년자

(2) 피성년후견인과 피한정후견인

(3) 유언으로 이익을 받을 사람, 그의 배우자와 직계혈족

2) 공정증서에 의한 유언에는 「공증인법」에 따른 결격자는 증인이 되지 못한다.

■ 유언의 철회

민법 제1108조(유언의 철회)

1) 유언자는 언제든지 유언 또는 생전행위로써 유언의 전부나 일부를 철회할 수 있다.

2) 유언자는 그 유언을 철회할 권리를 포기하지 못한다.

민법 제1109조(유언의 저촉) 전후의 유언이 저촉되거나 유언 후의 생전행위가 유언과 저촉되는 경우에는 그 저촉된 부분의 전 유언은 이를 철회한 것으로 본다.

민법 제1110조(파훼로 인한 유언의 철회) 유언자가 고의로 유언증서 또는 유증의 목적물을 파훼한 때에는 그 파훼한 부분에 관한 유언은 이를 철회한 것으로 본다.

민법 제1111조(부담 있는 유언의 취소) 부담 있는 유증을 받은 자가 그 부담 의무를 이행하지 아니한 때에는 상속인 또는 유언집행자는 상당한 기간을 정하여 이행할 것을 최고하고 그 기간 내에 이행하지 아니한 때에는 법원에 유언의 취소를 청구할 수 있다. 그러나 제삼자의 이익을 해하지 못한다.

5. 연명치료

연명의료 결정제도란 치료 효과 없이 임종기에 접어든 말기 환자의 생명만 무의미하게 연장하는 의학적 시술을 중단하거나 유보하는 것을 말한다.

유보는 연명의료를 처음부터 시행하지 않는 것이고, 중단은 시행하던 연명의료를 그만두는 것이다.

연명의료 결정제도는 2016년 2월에 호스피스 완화 의료 및 임종 단계에 있는 환자의 연명의료 결정에 관한 법률이 제정되면서 2018년 2월부터 시행되었다.

연명의료를 원치 않는 19세 이상 성인이면 사전에 연명의료 의향서를 문서로 작성하여 보건복지부에 등록하면 된다. 연명치료나 안락사 등은 인간적인 면에서 선뜻 결정이 어렵다. 그러나 연명치료를 원하지 않는 사람도 종종 있다. 각자가 생각해 보아야 할 문제이다. 생명은 존엄하기 때문이다.

6. 임종臨終

임종 부분은 다루지 않으려 하였으나 본인뿐만 아니라 가족이나 지인 등이 지켜볼 수도 있다는 생각에서 다루었다.

임종이란 죽음에 이름을 말한다. 즉 죽음이 임박한 상태이다. 임종을 보게 될 때는 마음가짐을 굳게 가져야 한다. 그리고 편안한 마음으로 하늘나라에 임하도록 도와주어야 한다. 기도하는 마음 자세로 좋은 말을 해줄 수 있다.

임종의 적응 단계로 부정→분노→타협→우울→수용이 있다.

임종이 가까워짐에 따른 시기별 증상을 알아보자.

■ 임종 1주일 전

통증, 전신 권태감, 식욕부진, 변비, 불면, 망상, 불안

등이 나타난다.

■ 임종 48시간 전

가래 끓는 소리, 호흡곤란, 배뇨곤란(요실금이나 요정체), 구역과 구토, 발한, 의식상실 등이 나타난다.

■ 임종 임박 징후

1) 숨을 가쁘고 깊게 몰아쉬며 가래가 끓다가 점차 숨을 깊고 천천히 쉬게 된다.

2) 손발이 차가워지고 식은땀을 흘리며, 피부색이 파랗게 변한다.

3) 맥박이 약해지고 혈압이 떨어진다.

4) 대소변을 의식하지 못하고 실금과 실변으로 항문이 열린다.

5) 의식이 점차 흐려지고 혼수상태에 빠진다.

■ 임종 시 징후

1) 숨을 쉬지 않는다.

2) 심장이 뛰지 않는다.

3) 항문과 요도괄약근이 열려 대소변이 나온다.

4) 어떠한 자극에도 반응이 없다.

5) 눈꺼풀은 약간 열려 있으며 눈은 어떤 한 곳에 고정되어 깜빡거리지 않는다.

6) 턱이 늘어지고 입은 약간 벌어져 있다.

■ 임종 직후 징후

1) 사망 후 체온이 점차 떨어지는 사후 한랭이 나타난다.

2) 사망 2~4시간 후에 신체가 딱딱하게 굳어지면서 경직되는 사후 강직이 나타난다.

3) 사망 후 시간이 지나면 혈액순환이 정지됨에 따라 적혈구가 파괴되어 주위 조직을 변색시켜 피부색이 변하게 되는 사후 시반이 나타난다.

임종자와 가족은 사망이 임박하였다는 것을 신체적인

징후를 통해 대비해야 한다. 사지가 차가워지고 퍼렇게 되거나 반점이 생길 수 있다. 호흡이 불규칙해질 수 있다. 최후의 몇 시간 동안에는 혼돈과 졸림이 나타날 수 있다.

시끄러운 호흡은 임종자가 의식할 수 없을 때 나타난다. 사전 천명은 임종 환자에게 불편을 주지 않는다. 이러한 호흡은 수 시간 안에 사망할 수 있다는 것을 의미한다.

사망 시에는 일부 근육에 수축이 일어날 수 있으며 흉부가 숨을 쉬듯이 융기할 수 있다. 심장은 호흡이 정지된 후 몇 분 동안 뛸 수 있으며 짧은 발작이 나타날 수 있다. 임종 환자가 타인에게 위험을 초래하는 선천성 전염병을 앓고 있지 않다면 가족이 사후에 잠시라도 임종 환자의 신체를 만지고 포옹하도록 보장해야 한다.

임종자는 평화롭고 육체적으로 안락한 환경에 있어야 한다. 가족은 환자의 손을 잡는 것과 같은 신체 접촉을 유지하는 것이 바람직하다. 임종자가 원한다면 가족, 친구, 성직자 등이 참여할 수 있다.

7. 사후 세계관

사후 세계란 죽음 이후의 세계이다. 대부분의 종교가 사후 세계관을 긍정하는 입장이다.

사후 세계를 말하려면 영혼불멸설을 말하지 않을 수 없다. 최초로 체계화한 사람은 플라톤이다. 플라톤은 육체와 영혼을 각각 감각의 세계와 영원의 세계에 속한다고 보고 영혼불멸을 주장하였다.

소크라테스와 플라톤은 인생 목표를 죽음을 준비하는 일이라 하였다. 육체가 영혼을 속박하며 삶을 살게 된다는 것이다. 죽음은 육체의 종말이지만 영혼의 입장에서 보면 자유를 획득하는 날이라고 보는 것이다. 이렇게 보면 죽음은 두려운 것이 아니라 기쁘게 맞아야 한다는 것이다. 즉 인간이 죽은 후에도 영혼은 자각적, 인격적으로 계속 존재한다는 생각이다.

불교에서는 사람이 죽으면 다시 다른 사람으로 태어난

다는 윤회설이 있다. 윤회輪廻는 인도 계통의 종교인 힌두교, 자이나교, 불교 등에서 나오는 용어이기도 하다. 사람이 태어나 늙고 병들었다가 죽기를 끊임없이 반복하는 것이 마치 바퀴가 돌듯이 세상이 돌아간다고 해서 붙여진 것이다.

죽음은 우리 가까이에 항상 대기하고 있다가 언제 찾아올지 모른다. 지금 내게 필요한 것은 주어진 현실을 열심히 사는 것이다. 죽음을 의식하거나 두려워할 필요가 없다는 것이다.

모두가 영혼불멸설을 믿는 것은 아니다. 유물론자들이나 실증주의자들은 영혼의 존재 자체를 부정하는 입장이다.

사후의 세계를 우리는 알 수 없지만, 사후 세계가 있다고 믿는 것만으로도 죽음에 위로가 되리라고 본다. 임종에 있어서도 종교계에서 말하는 사후 세계관을 믿어야 이 세상을 편히 떠날 수 있다고 본다.

제9장

나가며

제9장 나가며

늙는다는 것은 서글프다. 그리고 우선 바라보는 뭇시선이 곱지 않다. 늙어지면 나도 모르게 추해지기 때문이다. 얼굴에 주름살과 검버섯이 돋고 몸은 쭈글쭈글해지면서 볼품이 없어진다. 근육이 빠지면서 기력이 쇠해져서 행동이 느려지고 사고력도 떨어진다. 신체의 모든 것이 하나하나 노쇠되어 가는 것이다. 다시 어린애와 같은 행동으로 변해간다.

그렇다고 비관만 할 수는 없다. 나름대로 살아온 인생을 정리할 단계이기 때문이다. 늙어감을 인정해야 하고 할 수 있는 일거리는 꾸준히 찾아보아야 한다. 하늘에서 부르는 날까지 내 인생을 열심히 살 가치가 충분히 있다.

가만히 생각해 보니 노년이 되면 하고 싶어지는 것도 줄어드는 것 같다. 많은 제약이 따른다. 젊어서는 맛있는 음식이 그리 먹고 싶었으나 경제적 제약으로 맘껏 먹지 못했다. 이제 돈 여유가 있어 먹고 싶은 것은 맘껏 먹을 수 있지만 소화력이 떨어지고 기호식품도 변해서 먹는 것에 한계가 따른다. 몸에 지병이라도 생기면 음식의 제약은 더욱 많아진다. 하고 싶은 일들도 힘에 부치고 몸이 따라주지 않으면서 점점 포기하게 되고 범위가 좁아진다.

따라서 지금이라도 할 수 있는 일이 있다면 주저 없이 해보아야 한다. 그렇다고 노년에 너무 잘난체하는 것도 추해 보일 수 있다. 이제는 후세대에 자리를 양보해야 할 시기라고 본다. 아쉽지만 한 걸음 뒤로 물러나는 자세가 필요해 보인다.

나이에 걸맞은 취미를 즐기면서 나와 뜻이 통하는 친구들과 더불어 행복한 삶을 살아야 할 것이다.

누구에게 맞춰 살아야 한다든지 참고 살아야 한다는 것은 이제 피해야 한다. 내 인생을 살아야 할 단계이다.

경제적으로 여유가 있다면 사회적인 봉사활동이나 생활이 어려운 이들을 위해 돕고 사는 것도 큰 보람이라 생각한다. 자식에게 물려줘야겠다는 생각은 버려야 좋다. 내가 이룬 부는 내 생에 처리하는 것이 현명하다고 본다.

남겨놓은 재산으로 인해 가정불화가 생기고 이에 따라

인간성까지 파괴되는 것을 종종 본다. 사회적으로도 여러 가지 문제를 만들 수도 있다.

적당한 선에서 후대에 안배하여 증여하고 나머지는 사회에 봉사하는 것이 바람직하다고 본다. 자신의 복을 짓는 일이기도 하다.

어느 설교에서 들은 이야기이다. 재산은 하늘이 빌려준 것이다. 하늘로 갈 때는 남은 재산을 가져갈 수 없다. 이승에서 맘껏 누리고 남은 돈은 남에게 베푸는 것만이 지혜롭고 현명한 방법이라 생각한다.

인생을 놓고 3번의 정년을 말하는 이도 있다.

첫 번째 정년은 고용 정년이다.
두 번째 정년은 일의 정년이다.
세 번째 정년은 하늘나라로 가는 인생 정년이다.

노년의 마음 자세라 할까 앞장에서 다루었던 내용들을 간략하게 다시 살펴보면서 마무리하려 한다.

■ 노년의 삶에 자세

1) 포기하는 삶

2) 건강을 우선하는 삶

3) 안정을 찾는 삶

4) 여유를 가지는 삶

5) 나를 찾는 삶

6) 나를 위한 삶

7) 공감하는 삶

8) 용서하는 삶

9) 베푸는 삶

10) 정리하는 삶

11) 정립하는 삶

12) 반성하는 삶

13) 은혜를 갚는 삶

14) 보답하는 삶

15) 조금은 희생하는 삶

16) 추억은 모으고 돈은 쓰는 삶

17) 여러 사람과 어울림이 삶

18) 부지런한 삶

19) 자신을 가꾸는 삶

20) 자신을 연마하는 삶

21) 꿈과 희망을 잃지 않는 삶

22) 후대에 여운을 주는 삶

23) 자손에게 뜻을 남기는 삶

24) 양보하는 삶

25) 이해하는 삶

26) 자연의 섭리를 받아들이는 삶

27) 집착하지 않는 삶

28) 도움을 주려는 삶

29) 규칙적인 삶

30) 넘겨주는 삶

31) 마지막 자리를 찾는 삶

32) 늙음과 노쇠를 인정하는 삶

33) 끝까지 새로움에 도전하는 삶

34) 친족관계 유지에 노력하는 삶

35) 친구를 사귀고 관리하는 삶

36) 일하는 삶

37) 좋아하는 일을 하는 삶

■ 노년에 준비되어 있어야 할 것

1) 저축금

노인이 되면 말은 적게 하고 지갑은 열라고 하였다. 나이 먹으면서는 쓰고 살아야 대우도 받고 사람들이 따라준다. 능력 있을 때 저축해 놓아야 노후가 편하고 행복하다.

2) 배우자와의 관계 유지

3) 친구 관리

4) 자식 관리

5) 건강관리

6) 배움 관리

7) 취미 관리

8) 글쓰기를 위한 공부

9) 연금, 보험

10) 여행 준비

■ 노년 실천 사항

1) 그 동안 하고 싶었던 것 이행하기

2) 친구관 재정립

필요한 친구만 사귀어야 한다. 마음이 맞지 않은 친구는 오히려 스트레스로 작용할 수 있다.

3) 만족하는 삶보다 도전하는 삶 추구

4) 배우자 관계 개선

나이대에 맞는 배우자 관계 개선이 필요해질 수 있다. 과거에 해 왔으니 계속 같은 행동을 하라는 것은 무리가 갈 수 있다. 젊어서부터 어쩔 수 없이 참고해왔던 일들이 많이 있을 수 있다.

5) 과거 모든 것은 과감히 잊어라

과거 지위를 내세우거나 직업을 자랑하거나, 과거 잘못한 후회에서 벗어나야 한다.

6) 돈 때문에 고민하지 마라

형편에 맞추어 살아라.

7) 취미를 가져라

8) 젊은 친구와 사귀도록 노력해라

자기주장을 버려야 하고 과거 경험담은 지양하라.

9) 자꾸 나이를 세지 마라

10) 여행을 다녀라

11) 캥거루 가족이 되지 않도록 해라

자녀는 어떤 일이 있어도 독립시켜야 한다.

12) 이웃과 친숙하도록 노력해라

급하게 도움을 구할 곳은 이웃이다.

13) 주거지는 교통 편리, 시장, 병원, 복지관, 공원 등이 가까이 있으면 좋다.

14) 덕분에 라고 말하자.

너 때문에 라고 말하면 상대방 감정을 상하게 하고, 자신도 기분이 안 좋아진다. 항상 너그러운 마음을 갖자.

15) 의식적으로 좋은 기억만 생각하며 살자.

16) 현재를 중요시하자.

시간은 앞을 향해 흘러갈 뿐이다.

17) 버리는 습관을 지녀야 한다.

과거에 모으는 습관을 들였다면 이제는 하나라도 버려야 한다.

18) 일을 할 수 있으면 꾸준히 해라.

적당한 노동은 건강생활에도 좋다.

19) 운동은 계속해라.

20) 평생 배움의 자세를 가져라.

마음이 늙으면 진짜 늙음이요, 몸도 자연스럽게 늙어버린다. 마음만이라도 항상 열정을 갖고 청춘처럼 살아야 한다. 노화를 늦추는 방법이기도 하다.

21) 자신의 감정과 생각 컨트롤하기

22) 남이 잘되는 것을 진심으로 축하해주고 기뻐해준다.

23) 남 눈치 보면서 아첨하지 않는다.

24) 잘난 사람과 비교하면서 부러워하지 않는다.

25) 몸을 잘 씻고 옷을 자주 갈아입자.

나이 들면 노인 냄새에 신경을 써야 한다.

26) 구강 청결에 신경 쓰자.

규칙적인 이 닦기를 철저히 시행하고 구강 청결에 신경을 써서 구강 냄새를 방지해야 한다.

27) 자주 웃는다.

"웃으면 복이 와요"란 말을 많이 쓴다. 웃음은 분위기를 좋게 만들기도 하지만 자신의 건강에도 좋다고 한다. 웃을 일을 만들어서라도 많이 웃어야 한다. 유머를 연구해서 웃음보따리를 풀 수 있다면 인기 있는 사람이 될 것이다.

28) 정리 정돈 잘하기

정리 정돈을 잘하면 우선은 좋은 환경을 만들 수 있다. 그리고 정신 건강에도 도움을 준다고 한다. 집 안 청소도 정기적으로 해보고 정리 정돈하는 자세를 습관화하자.

29) 외모 가꾸기

나이 먹었다고 아무렇게나 다니면 더 추해 보인다. 외모에 신경을 쓰자. 얼굴 치장도 하고 옷도 단정하게 입고 액세서리도 해서 변화를 주어보자.

■ 피해야 할 행동

1) 어른 대우를 받고자 하는 행동

2) 필요 없는 잔소리

3) 남에게 피해를 주는 행위

4) 질서를 무시하는 행위

5) 노인이라고 태態를 내는 행위

■ 피해야 할 사람

1) 만나서 싫은 감정이 드는 사람.

2) 만나면 왠지 피곤한 사람.

3) 세상 비판이나 사람을 비난하는 사람.

4) 공개적으로 남을 모욕하는 사람.

5) 직설적인 단어로 기분 나쁘게 말하는 사람.

6) 고마움을 모르는 얌체 같은 사람.

7) 배려심이 없는 사람.

8) 얻어먹기만 하는 사람.

9) 어리석은 사람.

10) 불평불만만을 토로하는 사람.

11) 남을 욕하는 사람.

12) 이간질하는 사람.

13) 매사를 부정적으로 생각하고 말하는 사람.

14) 과거에 빠져 후회만 하는 사람.

15) 열등감을 가지고 시기 질투하는 사람.

16) 약속을 지키지 않는 사람.

17) 무례한 사람.

18) 예의를 모르는 사람.

19) 자기중심적으로 대화를 이어가는 사람.

20) 하는 말을 끊어 상대를 무시하는 사람.

21) 나를 존중하지 않는 사람.

22) 자기주장이 너무 강한 사람.

23) 자신의 이익만을 추구하는 사람.

24) 나의 약점을 이용하려고 하는 사람.

25) 남의 일에 너무 관여하는 사람.

26) 옳고 그름을 구별하지 못하는 사람.

27) 매사를 철저하게 따지는 사람.

28) 편법만을 좋아하는 사람.

■ 노년에 후회하는 것들

1) 저축하지 못한 것.

2) 배우자와 잘 지내지 못한 것.

3) 건강관리 못한 것.

4) 자식과 충분한 대화를 못 한 것.

5) 친구를 소홀히 한 것.

6) 취미가 없는 것.

7) 많이 배우지 못한 것.

8) 열심히 공부하지 못한 것.

9) 나에 대한 기록을 남기지 않은 것.

10) 연금을 들지 않은 것.

11) 보험을 들지 않은 것.

12) 여행을 많이 못해 본 것.

13) 도전을 많이 못해 본 것.

14) 쓸데없는 걱정을 한 것.

15) 사람을 잘 못 만나 고통당한 것.

16) 술 등으로 시간을 낭비한 것.

17) 사람 사귄다고 시간과 돈을 낭비한 것.

18) 필요 없는 일에 매달려 시간 낭비한 것.

19) 충동적인 것에 이끌려 잘못을 저지른 것.

20) 지혜롭고 현명하지 못한 삶을 산 것.

21) 주어진 기회를 놓친 것.

■ 제언

노인 주거住居 공동체共同體에 대하여

노인 주거住居 공동체共同體에 대하여

　노인이 되면 여러 가지 이유로 주거에 어려움을 겪고 사는 사람이 많다. 남의 집에 세를 놓고 사는 사람이 있는가 하면, 자식에게 어쩔 수 없이 같이 사는 경우도 있다.

　옛날에는 자식이 부모를 부양하는 것을 당연시하였다. 그러나 지금은 부모가 물려준 집을 자신의 것인 양 부모들을 홀대하는 사례가 늘어나고 있다.

　여기에 요양원의 활성화가 그 이유 중의 하나일 거라는 생각도 해본다. 늙으면 응당 요양원에 가야 한다는 생각이 팽배해졌다.

　그러나 건강한 정신을 가지고 있는 노인이 늙었다는 이유만으로 요양원이나 양로원에 보내진다면 그것도 맞지 않은 처사라고 생각한다.

　여기에서 노인 주거 공동체란 노인이라는 처지와 관심

사를 가진 사람들과 공유하고 정서적 유대감을 유지하는 주거 생활공간을 일컫는다.

노인 주거 공동체에서는 노인이라면 언제든 함께할 수 있는 주거지를 확보하여 텃밭도 가꾸고, 일거리도 만들어 같이하고, 취미 그룹도 만들고, 소통의 공간도 만드는 등의 노인 주거 환경 개선을 해보자는 취지에서 조심스럽게 이 책을 빌려 제언하는 바이다.

치매 증상을 보이면 몹쓸 병에 걸린 듯 취급한다. 치매도 서로 보살펴 주면서 같이 하면 어느 정도 이겨 나갈 수 있다고 본다. 이제는 인지장애를 자연스럽게 받아들이는 정책이 필요해 보인다.

같이 생활하는 사람들끼리 서로 케어를 해준다면 말 그대로 공동체의 삶이 될 거라고 본다. 형식적인 요양 도우미보다 훨씬 인간적인 도우미가 되지 않을까 생각한다. 더욱 좋은 것은 서로 간에 교감이 맞는다면 시간의 구애를 받지 않고 서비스를 받으며 지낼 수 있다는 것이다.

공동 취사에서 개인 공간 잠자리까지 그리고 각종 편의 시설을 갖추어 관리해 준다면 노인들이 돈을 내고서라도 들어오려 할 거라고 생각한다.

주변에는 병원과 시장 문화도 조성해주고 문화공간도 마련해주면 더욱 좋다. 주변에 산책공원 조성도 필수이다. 이용하는 공간에 대해 무료만을 원하지 않는다. 노인들을 위한 자유의 공기와 인간답게 살 수 있는 공간을 마련해 보자는 취지이다.

정부에서는 많은 돈을 들여 노인 지원 사업을 하지만 사회적으로 노인을 바라보는 시선은 여전히 냉대하다. 그리고 그 효과도 탐탁하지 않다고 본다. 집도 구하기 힘들고 먹고 사는 것을 비롯해 외로움과 고독감을 해결해야 할 필요를 절실히 느낀다. 즉 같이 놀아줄 친구가 필요한 것이다.

노인들을 위한 시설인 요양원, 양로원 등이 좋다고 주장하지만 나름 문제점이 있어 보인다.

자유를 만끽할 수 있는 노인들을 위한 주거 환경 조성이 필요하다고 감히 주장해 본다.

■ 주간보호센터 봉사활동 낭송시 모음

인생 계급장

젊었을 때는
세월 계급 몰랐지

세월 계급
특별한 사람의 것으로만 알았지

이제 내가 달고 보니
세월 흐름이 느껴지고

이마의 인생 계급장은
더 뚜렷이 빛나는데

계급장 빛날수록
천시되는 몸뚱이

몸뚱이는 인정하더라도
마음만은 청춘 계급장을 달자

내 영혼에만큼은
청춘 계급장을 달아주자
영원히

고개

청춘고개
고개인지도
모르고 넘었고

중년고개
삶에 시달리며
바쁘게 앞만 보고 넘었지

이제 노년고개
지난 일들을 생각하며 넘는 고개

바쁘게 넘을 일도 없어
다리 아프면 쉬어가고
그대들과 세상 이야기나 하면서

쉬엄쉬엄 넘는 고개

인생고개 다 넘고 나면
남은 고개는 무엇일꼬

버리고 살자

나무가 가을이 되면
예쁜 나뭇잎을 버리듯

우리도 황혼을 맞아
버릴 것이 무엇일까

필요 없는 사람 버리고
안 입는 옷 버리고
안 쓰는 물건 버리고
쓸데없는 생각 버리고
미워하는 마음 버리고
집착과 미련을 버리고
두려움을 버리고

또 버릴 것이 무엇일지
찾아보자

버리고 나서
가벼워진 마음으로

세상을 산책하듯
편안한 마음으로

나만의 행복 세상으로
걸어가 보자

정

슬쩍 지나칠 때는
바람결인 줄 알았지

두 번째 마주칠 때는
숨결인 줄 알았지

세 번째 마주 대하니
체온이 느껴지며
마주 통하는 정감

너와 나의 만남이
정으로 이어졌구나

보면 볼수록

더 두터운 정이

쌓여가겠구나

정으로 맺어진

우리 사이 좋은 사이

나는 늙지 않았어*

(1절)

하얀 모발에 방긋 웃는

나는 늙지 않았어

주름진 나이테 뚜렷해도

나는 늙지 않았어

느려진 몸에 마음만 바빠도

나는 늙지 않았어

아름다운 세상을 보며

한없이 타오르는 희망

희망의 횃불이 밝혀주는 한

내 마음은 영원한 젊음이야

(2절)

그대가 나를 낙엽이라 해도

나는 늙지 않았어

떨어진 낙엽이 쓸쓸해 보여도

나는 늙지 않았어

바람에 낙엽이 뒹굴어도

나는 늙지 않았어

맑은 영혼이 나를 감싸고

그대 사랑으로 지켜봐 줄 때

그 사랑이 횃불 되어

내 가슴은 영원한 설렘이야

*노래 가사에 곡을 붙여보세요.

노년의 삶

©김영성, 2024, Printed in Seoul, Korea

초판 1쇄 발행 | 2024년 1월 12일

지은이 | 김영성
펴낸이 | 고미숙
편　집 | 채은유
펴낸곳 | 쏠트라인saltline

등록번호 | 제452-2016-000010호(2016년 7월 25일)
제 작 처 | 04549 서울 중구 을지로18길 24-4
전자우편 | saltline@hanmail.net

ISBN : 979-11-92139-47-0 (03810)
값 : 15,000원